定年が楽しみになる！

オヤジの地域デビュー

清水孝幸

佐藤正明 絵

東京新聞

装画◉佐藤正明

はじめに

「最近、週末の楽しみは地元の銭湯と将棋サークル。地域で何かするのは思った以上に楽しいですよ」

東京新聞朝刊の暮らし面で「50代の地域デビュー」の連載を始めたきっかけは、こんな雑談からだった。

四年前の春、先輩記者の送別会で、私が定年後に備え、自分の暮らす地域の中で「居場所」探しを始めた話をした。五十代のオジサンばかりの宴会で、定年後は関心事。話が弾むと、当時、暮らし面を担当する生活部の部長だったMさんが「連載をやろう」。酒席の冗談かと思っていたら、本当に始まってしまった。

記事は、仕事ばかりしてきて、近所に知り合いもいないオジサン記者の私が、地域で仲間と居場所をつくろうと、様々なことに挑戦する奮闘記。東京新聞で二〇一四年六月から一五年十月まで計五十回を連載した。一七年一月に続編（中日新聞にも掲載）が始まり、第一土曜朝刊に掲載中だ（一八年三月現在）。

定年が見えてきたオジサンたちの多くは、定年後に漠然と不安を抱いている。会社に行かなくなったら、毎日、どこに行き、何をすればいいのか。この答えを見つけなければ長い自由な時間をひたすら持て余し、「ひとりぼっち」の老後になりかねない。

家庭への過剰な期待も禁物だ。妻の本音は「定年後、夫が一日中、家にいて、面倒を見るのは我慢できない」。現役時代、夫が不在の昼間は妻の自由時間だった。それを奪えば妻のストレスがたまり、夫婦げんか、もしくは妻の精神不安、離婚だ。

本書は、連載記事の中から五十話を厳選して加筆・修正し、四章に再構成した。第一章はサークル編「仲間づくり」、第二章は趣味講座編「学ぶ・習う」、第三章は地域のイベント編「楽しむ」、第四章はボランティア編「役に立つ」とした。
妻に頼らず、自立して楽しい定年後を過ごすには、仕事に代わる「趣味・イベント、ボランティア」を見つけ、上司・同僚・部下に代わる「仲間」をつくり、そして、会社に代わる「居場所」を見つけるほかない。本書がそのヒントになれば幸いである。

二〇一八年三月

清水孝幸

もくじ

第3章◎地域のイベント編［楽しむ］

第4章◎ボランティア編［役に立つ］

第1章◎サークル編

仲間づくり

第1話 居場所探し

うろ覚え　君の名は。

定年退職したら、毎日、どこで、何をしたらいいのか――。そんな不安を感じ、五十歳を過ぎたころから、会社の代わりになる「居場所」を探そうと、地域デビューを始めた。

「定年退職した後、毎日、家にいるのはやめてね」

地域デビューを思い立ったきっかけは、妻の厳しいひと言だった。

三十年以上、新聞記者をしてきた。大半は政治の取材で、帰宅は深夜。休日は疲れて家でゴロゴロし、妻に煙たがられた。酒を飲む相手も同僚や取材相手ばかり。東京・勝どきに暮らして長いが、近所に友人はいなかった。

今のうちに新しい居場所を見つけなければ、私も退職後、家にばかりいることになり、邪魔者扱いされるのに決まっている。こんな思いから、地元の将棋サークルを手始めに、小学校でのボランティア、料理やアロマセラピーなどの趣味講座、地域の盆踊り大会と、手当たり次第、挑戦してみた。

やってみると、気分転換にもなり、人情に触れ、地域とのつながりも感じる。顔見知りも増えてきた。

「先生、また来て」。街を歩いていたら、小学校のボランティアで仲良くなった男の子から声を掛けられた。マラソン大会に出たときは、将棋サークルのメンバーが応援してくれた。老人ホームのボランティアに久しぶりに参加すると「お帰りなさい」と迎えてくれる。最近は、知り合った人と別のイベントでまた一緒になることも多い。

こんな出来事があった。シニアセンターの健康講座に出たときのこと。認知症の予防として、交代で二人一組になり、ジャンケンをしながら、勝ち負けに応じて決められたポーズをするゲームをした。相手は全員六十〜八十代の女性。数日後、地元の銭湯に行くと、おかみさんが「お若いのに、シニアセンターに行くんですね」と話し掛けてきた。どうやら一緒にゲームをしたようだ。

実は、おかみさんは妻と同郷（石川県能登地方）で、顔見知り。私も銭湯をよく利用しているのに、私のことは一緒にゲームをした相手としか分かっていない。

帰宅後、妻に「おかみさん、僕の顔、覚えてないみたいだ」と話すと、「あなたの方がまずいんじゃない。おかみさんとゲームしたのに、そのとき分からなかったんだから」。

あっ、本当だ。

シン・シミズ
先生〜
お帰り〜

第2話 初めの一歩

結局ここが好き

地域の社会教育会館や公民館、敬老館を拠点に、いろいろなサークルが活動している。思い切って入ってみるのも地域デビューの近道だ。私の「初めの一歩」も将棋サークルだった。

定年退職後の「居場所」を探そうと思っていたとき、妻から「友だちの旦那さんが将棋サークルをやっているから、行ってみたら」と勧められた。

十数人の小さなサークルで、活動場所は近所の月島社会教育会館（東京都中央区）。日曜午後に集まって将棋を指している。

もともと将棋は老後の趣味として興味があったが、駒の並べ方を知っている程度の初心者。当時、社会教育会館を利用したことはなかったし、メンバーに知り合いもいない。

二の足を踏んでいると、妻に「じゃあ、私がついていってあげるから。行かないと離婚するよ」と脅され、しぶしぶと「保護者」同伴でサークルの門を叩いた。

部屋に入ると、十人くらいが黙々と将棋を指していた。大半が年上で、五十代は「若手」だ。早速、メンバーの一人と対戦すると、あっという間に負けた。どうやら、多くが有段者の腕前のようだ。

だが、対戦後、初心者にも分かるように、どう指せばよかったか丁寧に教えてくれる。入会を申し出ると、歓迎してくれた。ここでは仕事や家族の話はほとんどしない。現実を忘れ、将棋に集中できる。暗黙のルールのようだ。

それからサークルに通いながら、詰め将棋を解いたり、将棋番組を見たりして勉強しているが、なかなか強くならない。もう四年になるが、いまだに年一、二回しか勝てない。

このごろは仕事が忙しくなり、参加するのは月一回程度。無理しないのが長続きの秘けつでもある。こんな調子でも、私が顔を出すと「ちょうど、清水さん、どうしているかなって話していたんですよ」と、仲間が温かく迎えてくれる。居心地がいい。

将棋だけでなく、同世代のメンバーと地元の焼き鳥屋で飲んだり、新年会もある。仕事や会社がらみの宴会は多いが、地域での飲み会は数少ない。

この年の新年会は私を含め八人が参加。ほろ酔い気分で将棋談議となった。将棋ブームもあって、最近、入会希望者が増えてきた。「どうしたら新入会者は定着するかなあ」「子どもには負けてあげた方がいいらしいですよ」。そこで「私には手加減なしですけど」と突っ込むと「当たり前ですよ」と、にらまれた。

歩

第3話 強敵

かわいいのは今だけ

約二カ月ぶりに地元の将棋サークルに参加した。最近は仕事や他の地域活動もあって休みがちだ。無理をして参加せず、できるときだけ行くのが長続きの秘訣とはいえ、おかげで、いつまでたっても強くならない。そこに思わぬ強敵が現れ、緊張の対局をした。

日曜の午後、近所の月島社会教育会館に有志が集まり、将棋を指している。この日、最初に私が手合わせしたのは、将棋が強い若手メンバー。「秒殺」は免れたものの、やはり十数分であっさりと負けた。

ちょうどそのとき、母親に連れられ、かわいい女の子がやってきた。私が休んでいる間に来るようになった小学校三年生だ。私と指していた男性が「この子、強いですよ」と言って、選手交代した。

さすがに負けるのは恥ずかしい。でも実力はよく分からない。「オジサンは弱いから、平手（ハンディなし）でいいかな」と聞くと、「うん」。

真剣勝負が始まった。女の子は美濃囲い（守りの形の一つ）、中飛車（飛車を真ん中に動かす戦法）という大人顔負けの駒運びだ。「これはまずい。負ける」。冷や汗をかきながら、私も慎重に駒を進めた。

そのうち、女の子は鋭い手も指すが、自分が損するような手も指す。初心者だと分かってきた。でも実力はそう変わらないはず。大人げないと思いつつ、弱点を突いて勝った。

続けて飛車角落ち（ハンディ戦）でもう一回勝負。私が有利になるようハンディをもらうことはあっても、逆の立場は初めて。どう指していいか分からず、大接戦に。駒をたくさん取られたが、どうにか勝った。

女の子はピンチになると、「うーん」と言って懸命に考えていた。その姿がかわいかった。「強いね。オジサン、真剣だったよ。またやろうね」。笑顔でうなずいてくれた。

帰宅後、妻に話すと、「子どもは上達が早いから、次は負けるわよ」。それでも年齢を越えて趣味で交流できるなんて、こんな楽しいことはない。負け惜しみではなく。

Xデーは来る

第4話 誘い

回る回るよオヤジは回る

連載記事を書いていると、感想や励まし、情報提供など、読者の方からたくさんお手紙やメールを頂く。ある時、きれいな字で書かれた封書が届いた。

「突然ですが、『中央区地域スポーツクラブ大江戸月島』のカヤック部の活動に参加しませんか」

早速、出掛けてみた。

「大江戸月島」は、地域の子どもから高齢者までが一緒にスポーツを楽しめるよう、さまざまな種目に区内在住・在勤・在学者なら誰でも参加できるクラブだ。

日曜に小学校の温水プールでのカヤック体験会に行った。

子ども九人、大人二人が参加。見学者を含めると、約二十人が訪れ、大盛況だ。手紙を頂いた女性にも初めてお会いし「ふだんは二、三人ですが、小学校にチラシを配ったので今日は特別です」と教えてもらった。

乗るのは一人乗りの赤いカヤック二艇と、二人乗りの黄色いカヤック一艇。準備体操の後、乗り方を教えてもらいながら順番に試乗した。

水着に着替え、上半身にはライフジャケット。ライフジャケットの丈が短く、鏡餅みたいな腹が目立つ。しかも、オジサンの参加者は私一人で、かなり浮いていた。

それでも一人乗りのカヤックに乗って、いざプールの中へ。足を前方に投げだすようにして座って乗るので、不安定で転覆しそうだ。それをこらえながら、パドル（かい）を水平に持ち、左右交互にこぐと、前に進んだ。だが、油断すると、すぐに曲がり、回ってしまう。

見かねた同世代の指導者の男性が「では、自分で回ってみましょうか」と、わざとカヤックを回転させる方法を教えてくれた。調子に乗って、くるくる回っていると、順番待ちの子どもたちに笑われた。

今から二十数年前。地方記者時代に静岡の川や湖でカヤックをやったことがある。最後まで恥ずかしくて経験者とは言えなかった。

帰るとき「次回、また参加しますね」と声を掛けると、リーダーの男性が一杯飲むポーズをしながら「今度はやりましょう」。近所に酒屋の一角で缶詰をつまみに一杯飲める「角打ち」の店があり、よく飲みに行くそうだ。楽しみが増えた。

清水さーん
こっち
貼りますかー
失礼な!!

第5話 代表さん

香り立つ女子力

地域デビューのつもりで社会教育会館の講座や区民カレッジに通っているうちに、趣味になり、受講者の有志でサークルをつくってしまったものがある。私のようなオジサンにはおよそ似合わないアロマセラピーだ。

アロマセラピーは、植物のアロマ（芳香）を楽しみながら、心身のバランスを整える自然療法。花や葉から抽出した精油が香りのもとになっている。出合いは二年前。前からポプリなどが好きだったこともあり、「春先のムズムズ撃退」という言葉に誘われて、近所の築地社会教育会館（東京都中央区）のアロマスプレーづくりの講座に参加した。

疲れたオジサンには、良い香りが体にしみ、癒やされる。講師の「アロマセラピー・インストラクター」の高橋さやかさんの説明も分かりやすく、初心者でも簡単にできた。ビーカーを使ったり、理科の実験のようなところも気に入った。

その後、虫よけのボディージェル、ラベンダーのせっけん、ハンドクリーム、香水づくりなど、毎月のように講座に参加。ついには週一回、六回連続の区民カレッジ「はじめてのアロマセラピー」も受講し、すっかりとりこになった。

受講者は女性が圧倒的に多く、男性は一人。最初は居心地が悪かったが、次第に慣れ、参加している女性の方たちとも仲良しになった。区民カレッジが終わるころには、自然な流れで「サークルにしましょう」。高橋さんに講師をお願いし、「Ｈａｐｐｙ　アロマ＆ハーブ」をつくった。

毎月一回、メンバーが集まり、化粧水やシャンプー、ネイルオイルなどをつくりながら、アロマの基礎知識を学んでいる。よほど熱心に思われたのか、何と私がサークルの代表になった。といっても、名ばかりで、一番の仕事は会場取り。月初めに社会教育会館に行き、抽選をして申し込み、料金を払う。雑用係だ。

今回のテーマは美容オイルづくり。美容の話は盛り上がるが、私は蚊帳の外。話題の輪に入ろうと「ひげそりの後、カミソリ負けするのでヒルドイド軟こうを塗ってます」と話すと「その軟こう、アンチエイジングにもなるって評判ね」と意外にうけた。

美容オイルは、モロッコのベルベル人が食用や薬用に使っている「アルガンオイル」に好みの精油を入れる。私はラベンダーの精油を入れ、オリジナルのひげそり後用のオイルをつくった。使ってみると、まるでラベンダー畑にいるようだ。

この趣味は妻にも好評。「化粧水つくって」「ルームスプレーも」と頼まれる。サークルで「代表さん、女子力、高いですね」とよく言われる。妻に自慢すると「よかったわね」とあきれられた。

孝《たか》幸《こ》ってお読みするのかしら
あの方が会長の清水孝幸さん…

第6話 体験会

手にすし握る戦い

地元で何か始めたいけど、自分に何が向いているのか分からない。そんな人にぴったりなのがサークル体験会だ。

私が暮らす東京都中央区では、毎年春、区内の社会教育会館でサークル活動を体験できるイベントを開催している。私がよく利用する築地社会教育会館でも三月下旬、体験会が開かれた。

書道、殺陣、華道、料理、コーラス、フラダンス、社交ダンス、カラオケ、ヨガ、ラテンダンス・サルサなど、この会館を拠点に活動している二十のサークルが参加。気になるサークルの活動を体験し、気に入ったら入会すればいい。

この日は二つのサークルに体験入会してみた。

その一つが「築地で魚料理を学ぶ会」のにぎりずし体験。料理教室には参加したことがあるが、料理サークルは初めて。ただ、調理台ごとにグループに分かれ、先生に教えてもらいながら料理をつくるのは同じで、すぐになじめた。

だが、課題のにぎりずしが予想以上に難しかった。

まず水に酢を入れた「手酢」で手をしめらせ、右手ですし飯を取り、軽く手の中で転がし、ある程度の形をつくる。基本分量は十七グラム。こんなにシャリって小さかったんだと思うくらい少しだ。感覚をつかめるよう、先生が十七グラム分をラップで包んだご飯を用意し、それで練習してから本番に。

もちろん、それだけですしはできない。右手でシャリを握りながら、左手の指の腹に載せたネタに右手の人さし指でワサビを塗り、その上に右手のシャリを載せ、左手の親指、右手の人さし指で押さえた後、ひっくり返す。右手の中指と人さし指でネタを軽く押さえながら形を整える。

両手の指を使う複雑な作業で、脳が混乱する。マグロ、エビ、アジと握るうち、真剣になり、つい無言に。料理教室では、楽しく会話しながら調理するのがふつうだが、そんな余裕はない。私の調理台は若い女性二人とオジサン二人の計四人。談笑しながら握っていた女性二人とは対照的に、私ともう一人の男性は黙々と、そして必死に、五貫のにぎりずしと太巻きをつくった。

完成後は試食。見た目はともかく、おいしい。自分でつくった料理を一緒に調理した仲間と食べるのは格別だ。料理サークルは楽しい。

翌日、覚えたての技を自宅で披露。妻にも好評で、握るそばから食べていた。「スーパーのおすしよりはおいしいわね」。すし職人への道はまだ遠そうだ。

すし職人
を
夢みる(?)

第7話 新しい趣味

夢へのステップ

最近、はまっているものがある。ラテンダンスのサルサだ。サルサは中南米のラテン音楽に合わせて男女がペアで踊る。ダンスは盆踊り以外、やったことも習ったこともなかった。地元の築地社会教育会館で活動しているサークル「大江戸サルサ」の体験会に参加したら、思った以上に楽しく、毎週土曜のレッスンに通い始めた。

メンバー同士の連絡方法がユニークだ。中高年向けの会員制交流サイト（SNS）「趣味人倶楽部《しゅみーとくらぶ》」で練習日程や出欠を伝える。本名でなく、ハンドルネーム（ネット上の名前）で登録。レッスンでもハンドルネームで呼び合う。

ちなみに、私は「こーひん」と名乗っている。パンダが好きで、和歌山県の「アドベンチャーワールド」まで行き、バックヤードで餌をあげた。そのパンダが「幸浜」（オス、その後、中国へ）。私の名前の「孝幸」と同じ字もある。

サルサは本来、クラブなどで自由に踊るものだが、基本のステップや技を知らないと、踊れないらしい。レッスンでは、基本的なステップや技を組み合わせた踊りのパターンを習いながら、少しずつ難しい技を覚えていく。

毎回、最初の一時間は、サークルの代表で、エネルギッシュな女性の玲耶《れいや》さんの掛け声に合わせて、基本ステップやリズムの取り方を反復練習する。その後、ケン先生が登場し、技やテクニックを習い、踊りのパターンをレッスンしていく。ケン先生は全日本ダンス協会連合会の理事で、紳士的。初心者にも分かりやすいように丁寧に教えてくれる。

それでも、ダンス未経験の私には素早くステップやターンをしながら、手で女性をリードするのは難しい。音楽に合わせてとなると、もう頭の中はパニック状態。すると、玲耶さんから「こーひんさん、足が違う」と声が飛んでくる。学校の部活のようだ。

女性と向かい合って踊るのは恥ずかしいと思ったが、やってみると、踊るのに精いっぱいで、そう感じる余裕もない。男性がリードするものなのに、逆に私がリードされている。そんな私にも女性のメンバーは嫌な顔をせず、親切にアドバイスしてくれる。男性のメンバーも明るく、陽気だ。

私には夢がある。定年退職したら、二泊三日でもいいから船旅をすることだ。船旅といえば、ダンスパーティー。そこで妻をリードできるようになるのが目標。とにかく練習だと、家で朝から一人で踊っていると、妻は「気持ち悪いね」。

こーひんルンバ
…じゃなくて
サルサに挑戦

第8話 パーティー

私と踊りましょう

地元にあるラテンダンス・サルサのサークルに入り、毎週土曜のレッスンに通い始めて一カ月半で、無謀にもパーティーにデビューした。もちろん上手に踊れなかったが、身近に想像したこともない華やかな世界があった。

土曜の夜に開かれた「大江戸サルサ　豊洲ナイト」。会場は、自宅から歩いて行ける公共施設「豊洲シビックセンター」（東京都江東区）の七階ホールだ。主催は私の入っているサークル「大江戸サルサ」で会費は千円。カジュアルな服装でも大丈夫というので、準備のお手伝いと見学のつもりで気軽に参加した。

会場のホールは壁の一面が鏡張り、二面が大きなガラス窓。夕焼けが暗闇に変わると、窓の外に都会の夜景が広がり、鏡にも映り込む。ＤＪの選曲したラテン音楽が流れると、もう別世界だ。

オープニングは「大江戸サルサ」のケン先生とリーダーの玲耶さんのダンス。玲耶さんは黒いドレス姿で、ふだん練習している築地社会教育会館での模範演技より艶やかだ。

パーティーは踊るだけでなく、盛りだくさん。ケン先生によるミニレッスンや、別の教室のトミー先生のコミカルなパフォーマンスダンスもあり、踊れなくても十分に楽しめる。五十人以上が同時に踊るのは壮観で、上手な人のダンスを見ているだけで勉強になる。

実は、早く上手になりたいと、自宅にいるときはラテン音楽を流し、電車を待つホームでは周りの人に気づかれないよう、こっそりとステップの自主練習をしている。だが、そのくらいで初心者がすぐ上達するほど甘くない。

サルサは男性が技を仕掛け、女性をリードする。パーティーでは男性が一曲ごとに女性に声を掛け、ペアで踊る。当時、私ができたのはクロス・ボディー・リードとアンダー・アーム・ターンという基礎的な技二つだけ。女性に「踊りましょう」と誘えるはずがない。

ところが、壁際の椅子に座って踊りを見ていると、サークルの女性メンバーが「踊りましょう」と次々と声を掛けてくれた。すてきな会場で音楽に合わせて踊るのは、同じ技を繰り返すだけでも楽しい。失敗して止まっても、サークルのメンバーの女性は嫌な顔をせず、アドバイスしてくれる。仲間の優しさに感動した。

自分がパーティーで踊るなんて、想像したこともなかった。自分の人生に新しい部屋が一つ増えた。今度は勇気を出して、自分から女性を誘って踊ろう。とりあえず、信号待ちやエレベーター待ちでもステップの自主練習を始めよう。

Plat formでも
Partyでも
あいた時間に
Practice!
PPAPなわたし

コラム① 定年制

サラリーマンにとって常識ともいえる定年。だが、昔からあったわけではない。もともと日本には隠居という習慣があった。定年と同じように、老いて衰えてくると、後進に道を譲るため身を退いたが、その時期は自ら決め、決まった年齢はなかった。

では、いつから定年制は始まったのか。

明治期に産業が発展し、各地に工場ができた。判断力や動きの鈍くなった老人を働かせると、効率が悪いだけでなく、危険な作業で事故を起こしかねないと、定年制が生まれた。第一号は海軍の火薬製造所で、五十五歳定年だったといわれている。

普及したのは昭和初期というのが定説だ。企業は第一次世界大戦による好景気で従業員を増やしたが、その後、昭和恐慌が起こり、一転してリストラを迫られた。従業員を減らす手段として、定年制が広がっていった。

戦後になると、日本の企業は終身雇用と年功序列賃金で成長した。二つの制度は定年制なしには成り立たない。もし定年制がなければ、高齢になるほど給料が上がるため人件費がかさんで、経営を圧迫するとともに、新規採用もできない。五十五歳が会社員の定年として根づいた。

昭和の後半になると、平均寿命が延びて社会の高齢化が進み、年金制度などの維持が危ぶまれるようになった。そこで、政府は定年を段階的に引き上げる政策を打ち出し、平成前半の一九九八年に六十歳が定年となった。

さらに、年金支給開始年齢を六十歳から六十五歳に引き上げたのに伴い、企業に六十五歳まで雇用するよう義務づけた。多くの企業は六十歳定年は変えず、六十五歳まで勤められるようにした。

六十五歳まで働けるとはいえ、多くの場合、六十歳で役職を解かれ、第一線から身を退く。一部の企業では、管理職への若手登用を進めるため「役職定年」という制度を導入しているところもある。通常の定年とは別に一定の年齢に達すると、役職から外れ、平社員などになる。

六十五歳まで働くにしても、六十歳の定年やその前の役職定年で会社中心の生活からは解放される。新たな自由時間をどこで、どのように過ごすのか。定年が延長されても、会社に代わる「居場所」探しを早めに始めておくにこしたことはない。

ちなみに、外国はどうか。米国の場合、四十歳以上の労働者に対し、年齢を理由とした就職差別は連邦法で禁止されている。軍人や警察官など例外はあるが、定年はない。

第2章◎趣味講座編

学ぶ・習う

第9話 お勧め

まずは好き嫌いせず

地域デビューの「初めの一歩」にお勧めなのが、地元の公民館や社会教育会館で行われる趣味講座。地域に知り合いがいなくても気軽に参加でき、老後の趣味に出合えるかもしれない。定年後の「居場所」探しにはピッタリだ。

講座の探し方も簡単。新聞に折り込まれている区報（役所のお知らせ）、図書館や公民館に置いてあるチラシなど、身近なところで見つけられる。

講座はいくつかあり、選べる。料金は割安で、無料の講座もある。そこで友達ができる可能性もある。

私が参加した講座を挙げると、「旬野菜を食べる男の料理」「歌舞伎体操」「アロマセラピー」「アイシング・クッキー」「築地市場・仲卸人のお魚料理」「ラップブレスレット」…。

やってみて楽しければ、また同じ講座に出たり、趣味として始めればいいし、合わなければ、一度でやめればいい。選択肢を増やしておけば、好きなときに好きなものに参加でき、無理をせずに長続きできる。

私のお気に入りは料理教室だ。料理は得意ではないが、調理中は集中でき、みんなで試食するのが楽しい。

料理教室ではまず先生が実演しながら、調理方法を教えてくれる。その後、調理台に分かれて四、五人で実際につくってみる。共同作業なので、自信がなければ、洗い物や簡単なことをすればいい。

最近、料理教室にも男性が増えてきた。築地社会教育会館で「野菜スイーツ『ごぼうガトーショコラ』」に参加したときのこと。お菓子づくりなのに、私の調理台は四人中三人が男性だった。一人は初参加だが、もう一人は白いコック帽をかぶった常連さん。対抗しているわけではないが、私は真っ赤なエプロンがトレードマークだ。

課題はクルミの代わりにゴボウを使ったチョコレートケーキ。今回は一人で一ホールつくる。まず有機農法で特別に育てたゴボウをさいの目に切って砂糖と炒める。隣を見ると、初参加の男性が細く切っていたので「さいの目切りって、小さなサイコロのように切るんです」と教えてあげた。

焼き上げている間、先生がつくった完成品を試食。ゴボウの香りとチョコレートが合い、おいしかった。

私のつくったケーキはそのまま小さな女の子がいる近所のお宅にプレゼントした。お母さんは「おいしい」と言ってくれたが、肝心のゴボウの炒め方が足りなかったようで、お父さんは「クルミならもっとよかったのに」。

スイーツ戦隊
シロレンジャー!!
アカレンジャー!!

第10話 新発見

みんなで一緒が楽しい

地域デビューを始めて間もない頃、近くの築地社会教育会館で初めて料理教室に参加した。料理を習うのは小学校の家庭科以来。ふだん、家では全くしない。でも、食べることは大好き。老後の趣味になるかもしれないし、料理仲間ができるかもしれない。そんな思いで初挑戦した。

タイトルは「旬野菜を食べる男の料理」で、メニューはマーボーナス丼、ゴーヤーのおひたし、キュウリのすり流し汁。地元の社会教育会館でたくさん開かれている料理教室の一つだ。

チラシを見ると、講師の田上有香さんはすてきな人。赤いエプロンを持って土曜の昼前、いそいそと出掛けた。「男の料理」なのに、女性も四人いて、計十三人が参加。年齢層は二十代から六十代と幅広い。

最初に先生が実演しながら、調理方法を丁寧に教えてくれた。その後、四つのテーブルに分かれて料理開始。私のテーブルは男性三人と女性一人で、みんな年上。私以外は常連さんで、顔見知りのようだ。手際もいい。

料理教室では手分けして作業する。自分から「これやります」と言わなければ出番はない。「ニンニクのみじん切りをします」と言ってみたものの、難しい。時間をかけて何度も包丁でたたくように切り、どうにかできた。

分からないことがあれば、先生や同じテーブルの人に気軽に聞いて構わない。初心者で、あまり料理づくりを手伝えなくても、後ろめたさを感じる必要はない。調理で貢献できないなら、その分、洗い物を率先してやればいい。使った食器や調理器具をその度に洗ってしまうと、片付けが楽だ。同じテーブルの人たちに感謝される。家庭でも実践すれば、奥さんに見直されるのは間違いなしだ。

その後、私はトマトを切ったり、ゴーヤーを湯がいたり。約一時間で三品が完成した。キュウリは大嫌いなのに、意外にも一番おいしかったのは、すり流し汁。隠し味の酢のせいか青臭くない。キュウリが好きになった。何でも挑戦してみると、新発見がある。

最後はテーブルごとに試食会。自分でつくったものを食べるのは、それだけで格別だ。一緒に料理をした女性が「みんなでつくったものを一緒に食べるのが、一番おいしいのよ」と、料理教室の魅力を教えてくれた。

「また料理教室でお会いしましょう」。笑顔であいさつして別れた。

キュウリとも仲よくなれた料理教室
eggPlant

第11話 難敵

1勝1敗のタイに

地元の社会教育会館の料理教室に参加するのも四回目。雰囲気にも慣れ、トレードマークの赤いエプロン姿も板についてきた。今回は「難敵」のマダイに挑戦した。

近所の築地社会教育会館で開かれた「築地市場・仲買人のお魚料理教室」。タイ一匹を丸ごと調理して、刺し身と湯引きをつくった。

料理教室は女性が多いが、男性の参加者も目立った。私の調理台も年配の男性と若い女性と三人。女性は以前、イナダの調理方法を教えてもらった料理教室で一緒だった人だ。

タイとは因縁がある。数年前、妻が大きなタイを一匹もらってきた。朝刊作業を終えて会社から午前二時すぎに帰宅すると「冷蔵庫に入らないから、これから一緒に料理して」。

まず鱗《うろこ》取りで、カミソリのような鋭利な鱗で手を切った。次に身を三枚におろしていると、針のような背びれが指先に突き刺さり、血まみれに。そこで妻と選手交代。タイは骨も硬く、二人で明け方までかかって一匹をさばいた。

今回はその流血戦のリベンジ（復讐）。料理用のビニール製の手袋をし、その上に軍手をはめる完全防備で臨んだ。専用の調理用具を使って鱗も上手に取れた。三枚おろしで背びれに触れるときは細心の注意を払った。エラを取るのが難しかったが、無事、頭を落とし、身を三枚におろした。

講師役の仲買人さんが私たちの調理台で実演したとき、腹に当てた包丁が残った鱗で滑り、仲買人さんが指を切った。やはりタイは難敵だ。

以前に料理教室でイナダのさばき方を習って以降、自宅で何度も刺し身をひいてきたので、三枚におろした後はお手のもの。腹骨を取って四つに割り、そぎ切りで薄造りに仕上げた。

刺し身の味は絶品。先生が残ったアラで潮汁《うしお》をつくってくれた。同じ調理台でタイと格闘した仲間と一緒に食べると、幸せな気分になった。

ちなみに、定年退職後、奥さんたちの一番の不満は、現役時代にはなかった夫の昼食をつくることだそうだ。料理教室で磨いた腕で二人分の昼食をつくれば、夫婦円満にも役立つはずだ。

タイ
マン
を張る

第12話 お菓子づくり

職業選択間違えたかも

定年後の「居場所」を探そうと、地元の社会教育会館でさまざまな趣味の講座に参加してきた。料理教室にはまり、魚を三枚におろして刺し身にしたり、本格的にだしを取ってみそ汁をつくったり、ハワイ料理まで経験した。今回は初めてお菓子づくりに挑戦したときの話だ。

土曜の午後、近所の築地社会教育会館で開かれたアイシング・クッキー講座。砂糖や卵白を着色してつくった白や黒、茶、ピンク、緑、黄のクリームを使って、焼いたクッキーの表面に顔などの絵を描く。

講師は東京・自由が丘でクッキー店を営む成瀬麻実さん。かわいいクッキーのイメージにぴったりの女性で、私みたいなオジサンが来てよかったのか不安になった。

講座には十八人が参加し、うち男性は二人だけ。勇気をだして、最前列の中央の調理台に座った。同じ調理台になった若い女性二人は明るく気さくで、すぐに不安は解けた。

まずは練習。小さな絞り袋を右手に持って、先の小さな穴からクリームを絞り出し、紙に描かれた直線や点線、ハートや円、文字をなぞった。クリームを絞る強さと手の運びを微妙に調整しながら、クリームを線の上に落としていく作業は難しい。仕事以上に集中した。

「上手ですね」。先生にほめられ、お菓子づくりの才能があるのかも、なんて思ったが、本物のクッキーになった途端、自信は吹き飛んだ。顔、ハート、クローバー、手紙の形のクッキーにデコレーションしたが、練習と違って、緊張で線がゆがむ。男の子と女の子の顔を描いたが、あまりかわいくない。そういえば、自分には絵心がないことを思い出した。

それでも仕事と違う緊張感は心地よかった。ふだんあまり接する機会のない若い女性との共同作業も楽しい。

同じ日の夜、今度は月島社会教育会館の「築地市場・仲買人のお魚調理教室」でアジの刺し身と、なめろうをつくった。地域デビューを始め、料理教室に通うようになるまで魚を一人でおろしたことはなかった。ところが、今や手慣れたもの。地元の料理教室はすっかり自分の居場所の一つだ。

終《つい》の棲《す》み家《か》？

第13話 お気に入り

スイーツ親方の道へ

地域デビューの試行錯誤をする中で、お気に入りの「居場所」となったのが、地元の料理教室だ。しばらく行けなかったので、今回も一日で二つの講座に参加した。

まずは築地社会教育会館で野菜のスイーツづくり。前年、料理教室デビューしたときの先生だったシニア野菜ソムリエの田上有香さんが講師で、課題は「ブドウとトウガンのクラフティ」だ。クラフティとは果物が入ったカスタードプリンのタルトで、各自が一台ずつつくる。

会館の料理室には調理器具はすべてそろっていて、材料も講師の方が用意してくれるので、持っていくものはエプロンと手をふくタオル程度。今回もトレードマークの赤いエプロンを持って参加した。

教室は一つの調理台を四人で使い、二人一組で共同作業する。私の調理台はみんな上級者。私はようじでブドウの種を取る地味な作業をした。下ごしらえした材料をタルト台に並べて焼けば完成のはずだったが、甘い香りがしてこない。オーブンのスタートボタンを押し忘れていた。犯人は私かも。

居残りになったが、その分、同じ調理台の人たちとたくさん会話ができ、他の料理教室の話をしたり、メールアドレスを交換した。私と共同作業をした女性の一人はアロマセラピーの講座でせっけんを一緒につくった人だった。けがの功名で、料理友だちができた。

夜は月島社会教育会館で「築地市場・仲買人のお魚料理教室」。四回目なので、講師の仲買人さんも名前で呼んでくれる。顔見知りも多い。

課題は三キロ超のカツオ。こんな大物は初めてだが、三枚おろしや刺し身の基本は同じ。手早く刺し身とたたきを仕上げられた。さすがに連投は疲れたが、良い気分転換になった。

次の日。妻と同郷の月島の銭湯のおかみさんにあげようと、ブドウとトウガンのクラフティを持っていった。番台にいた番頭さんは、私を覚えていないようで、「おかみさんにどうぞ」と箱を差し出すと、受け取ってはくれたが、怪訝《けげん》な表情。そのままお風呂に入っていると、突然、番頭さんが「おかみさんがあいさつしたいって」。

「えっ、ここで」と思う間もなく、親世代のおかみさんが男湯にきて、湯船につかる私にお礼を言った。これも料理がつなぐ縁か。

あ…あ いえ
お恥ずかしい
（文字通り）
けっこうなものを…
エプロン

第14話 歌舞伎体操

ザ・グレート・カブキ

私の住んでいる中央区は江戸歌舞伎発祥の地として知られ、今も東銀座に歌舞伎座がある。地元の伝統芸能として子ども歌舞伎も盛んだ。私はあまり観ないし、知識もないが、近所の図書館で「歌舞伎体操」という不思議なビラを見つけた。おもしろそうなので体験教室に参加した。

会場は自宅から歩いて二十分ほどのところにある築地社会教育会館の和室。講師は若手歌舞伎役者の中村橋吾さんで、常連から初心者まで約二十人が参加した。女性が多く、男性は私を含め四人だけ。ポロシャツにトレーニングズボン、足袋というアンバランスな格好に着替えて、いざ、開始！

教室は橋吾さんの「歌舞伎と日常生活の共通点は」という質問で始まった。答えは「正しい姿勢」。背筋を真っすぐ伸ばす姿勢を基本に、腰を落として滑るように前に進む「すり足」、両足を左右に広げた「箱割り」など、歌舞伎独特の動作を教えてもらった。

休みなしの一時間半の教室が終わると、うっすらと汗をかき、正しい立ち方や歩き方、美しい和の所作が身に付いた気分になった。

途中、橋吾さんが「すり足」「箱割り」を使いながら歌舞伎の演技を実演。目の前で観る演技は予想以上に激しい動きで、マイクなしに演じる歌舞伎らしく台詞の声も大きく、迫力満点で驚いた。

歌舞伎役者というと、細身のやさ男と思いがちだが、橋吾さんをよく見ると、スリムながらも胸板は厚く、体幹がしっかりしている。歌舞伎のイメージが変わった。

橋吾さんとは教室をきっかけに親しくなり、その後、アロマセラピーの講師の高橋さん、料理の講師の田上さんと一緒に橋吾さんの歌舞伎を観に行った。歌舞伎役者に知り合いができるなんて思ったこともなかった。

地域の公共施設では生涯学習の一環として、たくさんの講座や教室が開かれている。新しいことにチャレンジしてみよう――。そんな思いで一歩踏みだせば、地域でもいろいろな体験ができるし、そこで仲間ができるかもしれない。歌舞伎体操教室は有料だったが、参加無料の講座も多い。税金の元を取る気持ちで参加してみては。

「箱割り」どうですか
……けっこうな格闘技で…

第15話 シニアセンター

オヤジなのは認めるが

シニアというと、お年寄りのイメージだが、何歳からなのか。私にはまだ自覚はないが、中央区の広報紙を見ていたら、シニア講座の募集があり、その対象が「五十歳以上」。衝撃を受けた。会場が近所だったので、申し込んでみた。

会場のシニアセンターに行くと、玄関に「主に五十歳以上が利用する施設です」という張り紙。やっぱり自分もシニアなのか…。

講座は土曜日に三週連続であり、簡単な体操とウオーキング（歩き方）を専門のインストラクターに習う。約三十人が参加していたが、私が最年少みたいだ。

中には、つえをついた女性もいた。

初回は仕事で欠席したので、二回目から出席。「体幹を意識」「スピードを確認」「効率的なウオーキングとは」。各回ごとにテーマが決まっているが、二回目もまず時間をかけて初回を復習。一度で覚えきれないお年寄りへの配慮のようで、優しい。おかげで私も助かった。

次に自分の手首を握って平常時の脈拍数を測り、それをもとに目標心拍数を計算。普通と速いペースを交互に繰り返して歩き、目標心拍数にするのが効率的な運動だという。筋力運動とストレッチ運動も習った。運動によっては「骨粗しょう症の人はしないで」「ドクターに相談を」というシニア講座らしい説明もあった。運動の最中、インストラクターの先生が「後ろの人、腰が伸びてませんよ」。私のことだった。

講義の後は実技。教室から隅田川沿いの遊歩道に移動し、腰から下全体を使って歩く正しいフォームを意識しながら、全員で歩いた。やはり外で運動するのは気持ちがいい。川からの風でうっすらとかいた汗もひく。みんなでストレッチしていると、川を行く屋形船の乗客が手を振ってくれた。

年相応にゆっくりした運動が自分に合っていると思った。あまり話したことのない地元のお年寄りとも接することができた。

公民館ほどではないが、シニアセンターでも中高年向けのさまざまな講座が開催されている。自分をシニアとは認めたくないが、定年後の予習のつもりで、またシニア講座に行ってみよう。

※耳順（じじゅん）＝論語の「六十にして耳に順《したが》う」から、六十歳の異称。

第16話 ヨガ

「『生ける屍』になる」

ヨガ人気が続いているようだ。妻も教室に通っていて、ヨガ友と飲み会もやっている。興味はあるが、体の硬い私のようなオジサンには敷居が高い。と思っていたら、近所のシニアセンターで講座があり、「これはチャンス」と初挑戦してみた。

講座は土曜の午後で、対象は五十歳以上の中央区内在住・在勤者。見回すと、約三十人が参加していて、男性は私を含め五人。少数派に違いないが、一人よりはましだ。

だが、いきなりハプニング。五分遅刻した私が悪いのだが、ヨガは一人ずつマットを敷くため、会場は窮屈になる。私がマット代わりのバスタオルを持って、うろうろと場所を探していると、女性講師が「私の横が空いていますよ。どうぞ」。最前列の一番目立つ場所で醜態をさらすことになってしまった。

ヨガに「ねじりのポーズ」という有名な姿勢がある。両足を真っすぐ伸ばして座った状態から、片方の膝を立てて体をひねる。どうにかできたが、その姿勢のまま前屈していくあたりから、難しくなってきた。

「体を前に倒して、手を足首の方まで伸ばしてみてください」。周りの年上の女性のほとんどは足首まで手が届いていたが、私は体が硬く、膝までで精いっぱいだ。両足を前に伸ばして座るだけでも、腹がつっかえて後ろに倒れそうなのに、深く前屈なんてできるはずがない。

「ゴキブリのポーズ」と「屍《しかばね》のポーズ」は楽しくできた。ゴキブリのポーズは、あおむけに寝た状態から両手足を上げ、力を抜いて細かく振る。まるで殺虫剤をかけられた虫のようだ。それから手足をゆっくりと下ろし、手のひらを上に向け、目を閉じて寝るのが屍、死体のポーズ。両方ともリラックスでき、疲労回復の効果もあるという。

二時間、ヨガをして帰宅すると、妻が「顔がすっきりしたね」。気持ちよかったが、体を急に伸ばしたせいか、翌日はあちこちが痛かった。

やはりヨガは苦手みたいだ。地域デビューではいろいろなことにチャレンジし、気に入れば趣味にし、不得手ならまた別のことに挑戦すればいい。無理をしないことが定年後を楽しむ上で一番大切だ。

用事を
言いつけられたら
死体のポーズ
疲労回復にも
なり
一石二鳥だ

第17話 健康吹き矢

吹き矢でイキケンコウ

「シニア」という言葉に抵抗を感じつつも、参加したウオーキング講座が楽しかったので、近所のシニアセンターで開かれた健康吹き矢講座に参加してみた。

健康吹き矢は、細い長い筒に先端が吸盤の矢を入れ、六メートル先の的を狙って吹く。的は円形で、中心から同心円状に七点、五点、三点、一点、零点。五本の矢を吹き、その合計点を競う。腹式呼吸をするため心肺機能を強め、集中力が必要なので脳の活性化にもなる。確かに健康にいい。

講座は中央区在住・在勤者の五十歳以上の男女が対象で、約十五人が参加した。

半分くらいが私と同じ初心者で、当時、五十二歳の私は最年少だ。

いざ的に向かって立つと、六メートルは意外と遠い。右手で筒の根元、左手で中ほどを持ち、狙いを定めて吹くと、最初から的に命中。やったー。五本とも当たり、得点は三十五点満点中、二十四点。「初めてとは思えない」とほめられた。

ところが、二回目は二十一点、三回目も同じ二十一点。一回目はビギナーズラックだった。それでも、三回の合計点は六十五点となり、三級の実力といわれた。うれしかった。

健康吹き矢では自分の順番が回ってくるのを待つ時間がある。そこでの会話も楽しい。同じ年くらいに見えた女性から敬老館の吹き矢サークルに誘われた。「ところで、おいくつですか。敬老館は六十歳以上しか入れません。私、六十なんです」。女性の若々しさに驚き、私は五十歳以上が対象のシニア講座に参加できても、まだ敬老館には入れないと知った。

講座は土曜の午前中、三週連続で行われた。二回目は五十肩が痛み、欠席。痛みがひいたので、三回目の認定試験には出た。結果は七十三点で二級。初回より一つ昇級した。

同じグループで吹き矢を楽しんだご夫婦から「今度、うちで吹き矢パーティーしましょうよ」と誘われた。地域での人の輪も広がり、体にもいい。

翌年もシニアセンターで開かれた同じ講座に参加した。快く受け入れてくれ、入門講座なのに、何度申し込んでもいいらしい。

今は将棋、アロマセラピー、サルサで忙しいので、定年退職して自由時間が増えたら、本格的に始めてみようかな。

今年は当たり年になりますように!!
二級

第18話 アンチエイジング

高齢化社会の若輩

「体のアンチエイジング」「脳のアンチエイジング」——。こんなテーマにひかれることと自体、自分が年を取った証拠なんだろうと思いつつ、近所の中央区シニアセンターで開かれた「中高年のための健康づくり講座」に応募した。

五十歳以上の区内在住・在勤者が対象で、参加無料。会場のシニアセンターは五十歳以上が利用できる施設で、最初は「シニア」という言葉に抵抗感もあったが、ウオーキングや健康吹き矢などの講座に通ううち、顔なじみになり、今やスタッフから「清水さん」と名前で呼ばれる。

今回は土曜に三週連続で開かれる人気講座。募集と同時に定員の三十人が埋まり、五人追加して三十五人になった。ところがなぜか、毎回、出席するのは二十人くらい。主催者に聞くと、「募集は一カ月以上前だったので、申し込んだことを忘れてしまったのでしょう。よくあります」。さすが中高年向けだ。

講師は笹原美智子さん。女子柔道の元日本チャンピオンで、引退後、エアロビクスのインストラクターに転身し、高齢者の健康指導をしている。六十歳と自己紹介していたが、四十代でも通用する若々しさだ。

講座は前半の一時間が講義。「年を取るのは止められないが、老化のスピードは遅くできる。元気に年を重ねましょう」。寝たきりにならないためには足腰の筋肉を使って衰えないようにし、認知症防止には脳を刺激するのが大事だと教えてもらった。

確かに五十代から地域デビューして定年後に備えても、元気でなければ将棋も指せないし、サルサも踊れず、楽しい老後は送れない。

後半の一時間は、高齢者でもできるよう椅子に座ったままする運動。無理せずに筋力を鍛える動きや、手足で違った動きをする脳トレ運動を習った。

筋力運動は楽にできたが、脳トレ運動は頭で分かっても体がついていかない。何よりも体が硬い私には、ストレッチを兼ねた準備運動がきつく、毎回、筋肉痛に悩まされた。

当時、五十三歳。参加者の中で「最年少」だと高をくくっていたが、逆に、自分も同じ中高年なんだと痛感した。

清水さん まだ早いでしょう
いや 筋肉痛でして…

第19話 人の輪

同病相憐れむ「新友」

春先、花粉症でなくても、眠くて体がだるい。「春先のムズムズ撃退」というタイトルに誘われ、アロマオイルでルームスプレーをつくる講座に参加した。これが私とアロマセラピーの出合いだった。これをきっかけに、苦手なインターネットで新しい友だちもでき、人の輪が広がった。

講座の会場は近所の築地社会教育会館の一室で、講師はアロマセラピー・インストラクターの高橋さやかさん。十三人が参加し、うち男性は私を含め二人だけだった。

最初に花粉シーズン向けというユーカリ、ペパーミント、ティートリー、レモン、ラベンダーの五種のオイルの効用を聞き、香りをかいだ。それぞれ好き、嫌いを参加者で挙手すると、私はいつも少数派。他の人とは感覚が違うみたいだ。その後、好きなオイルを二、三種類選んで、無水エタノール、精製水と混ぜてルームスプレーをつくった。ビーカーを使い、理科の実験みたいだったが、初心者でも簡単にでき、予想以上にいい香りのスプレーができた。教室全体がアロマに包まれ、それだけで癒やされた。

インターネットの交流サイト「フェイスブック」（ＦＢ）で、社会教育会館のこの講座の女性担当者、講師の高橋さんの二人と「友だち」になった。担当者と友達になったのは講座の直前。以前、記事で取り上げた歌舞伎体操の講師、中村橋吾さんが記事をネットに載せ、それを見た担当者がＦＢの私の顔と記事のイラストがそっくりだと、友だち申請してくれた。

高橋さんはネット上での私と担当者の会話を読んで、友達になってくれた。一つのきっかけが次につながり、友だちが増えていく。この縁で有志の築地市場見学ツアーにも飛び入り参加でき、また新たな出会いがあった。

私の住んでいる地域には、勝どき・月島・築地・晴海地区限定の交流サイト（SNS）「PIAZZA」（ピアッツァ）がある。私も入っていて、先日、不要になったカラーボックス三個と本箱を「お譲りします」のコーナーにアップしたところ、引き取ってくれる人が見つかり、取りに来てくれた。粗大ゴミで出すとお金がかかるので、それが浮いたし、リサイクルができた。ネットは遠くの人とつなぐものと思っていたが、地域の絆づくりにも役立つようだ。

シュ
なんの香り？、ユーカリ？、ティートリー？
あ　フレンドリーだね

第20話 ちょい悪

オヤジの皮をかぶった…

定年後、地域で続けられる趣味は何か。いろいろ体験してきたが、ものづくりも有力候補の一つだ。以前に参加した伝統工芸の「一閑張《いっかんば》り」講座も楽しかった。近所の社会教育会館で講座を探してみたが、意外にもあまりない。思い切ってアクセサリーづくりに初めて挑戦してみた。

築地社会教育会館で開かれた「ラップブレスレット講座」。講師はジュエリーデザイナーの眞野りつさんだ。二十四人が参加したが、予想通り、男性は私一人だけ。常連になったアロマセラピーの講座も「黒一点」が多いので、女性に囲まれた雰囲気には慣れてきた。公民館の趣味講座は全般的に女性が多く、男性は少数なので、越えなければならない壁だ。

初めに眞野さんが「少し難しいかもしれませんが…」と説明。「えっ、そうなの」と少し焦ったが、もう腹をくくるしかなく、いざ開始だ。

ラップブレスレットは、革ひもの間に小さなビーズを糸で編み込んでいく。その前に、革ひもの端に糸を巻き付けて結び、糸を固定しなければならない。これがうまくできない。周りの女性はすぐ終わり、ビーズを編み込み始めている。冷房が効いている部屋なのに、汗が額から噴き出してきた。最初から「気持ち悪いオジサン」と思われたに違いない。

悪戦苦闘の末、この難関をクリア。やっとビーズを編み込む作業に入った。すると、今度はスイスイと進んだ。この作業、近所の小学校にボランティアに行ったとき、一年生の女の子に教えてもらったミサンガ（組みひもの一種）づくりと似ている。何がどこで役に立つか分からない。眞野さんから「アクセサリーづくり、初めてですか。上手ですね」とほめられた。

女性の参加者は手首に二重、三重に巻く長いブレスレットをつくっていたが、男性用は一重。出遅れを挽回し、一番早く完成した。青と黒、ターコイズの三色のビーズのブレスレットは青いシャツに似合い、ちょい悪おやじになった気分だ。

何より細かい作業に集中していると、日ごろの憂さを忘れる。時間はかかるが、できあがったときの達成感は大きい。

ものづくりは楽しい。定年後の趣味にはぴったりかもしれない。

わーチョイワル風!!
チョイガールじゃない?、

第21話 ゆめ講座

夢見るタヌキの恩返し

定年後の「居場所」を探し、地元で多くのイベントや講座に参加してきた。思いも寄らぬ趣味を見つけ、仕事では出会えない友人ができた。何か恩返しはできないか。そんなことを考えていたとき、地元の図書館でチラシを見つけた。

「講座のアイデア大募集！　中央区在住のスキルや特技をお持ちの方、区民の方々を対象に『教養』『趣味』『スポーツ』『国際交流』などに関する講座を企画し、実施しませんか?-」

中央区は、区民が講師になる「ゆめ講座」という事業を実施している。「初心者でも参加しやすい」「社会教育会館内で開催できる」などの条件はあるが、テーマは自由だ。

早速、築地社会教育会館の説明会に行ってみた。会場には二十数人が来ていた。説明会は他の会館でもあり、競争率はかなり高そうだ。

私のできることといえば、長く政治記者をしてきた経験を活かすもの以外にない。下手な鉄砲も数撃ちゃ当たると、「政治記事の読み方」「速く文章を書くコツ」「地域デビューの方法」「写真で見る『政地巡礼』」の四つの企画書を書き、応募した。

書類審査で落ちると思ったが、何とか通過。館長と担当者との面接へ。面接なんて入社試験以来だ。緊張でタヌキ顔の額に汗が浮かんだ。

「自信があるものから説明してください」。受講者に興味を持ってもらえるのは「文章のコツ」と思い、それから順に説明した。ところが、館長は「審査で評価が高かったのは『政治記事の読み方』でした」。失敗した！　これで不合格と思ったが「それでもよければお願いします」。さえない講座名を変えるよう注文はついたが、どうにか採用された。

講座までの準備は担当者がほぼすべてやってくれた。まず日程を決定。一月下旬の日曜の午前中。一回一時間半で、二週連続の計二回となった。続いて参加者募集のチラシづくりに、区報へのお知らせ掲載。準備はどんどんと進んでいった。

合格から約四カ月後、本番を迎えた。タイトルは「政治がもっと身近になる新聞記事の読み方講座」。定員を上回る申し込みがあり、区内在住・在勤・在学の男女三十人が参加した。「なぜ、新聞で論調が違うのか」など、難しい質問も飛びだし、それなりに盛り上がった。少しは地域に恩返しできたか。

50代の講師デビュー

第22話 生涯学習

新しい朝が来た？

知り合いの元文部官僚がこの連載のファンになり、こんな感想を話してくれた。「清水さんのやっていることは生涯学習ですよ」。自分では難しいことをしているつもりはない。公民館などの講座に参加するのは「楽しそう」「地域の人と知り合い、仲良くなれたらいいな」という気持ちからだ。

生涯学習を辞書で引くと、「自己啓発や生活の充実のため、生涯、学ぶこと」などと書かれてある。確かに講座に参加すると、新しい知識を教えてもらい、初めての体験ができる。ワクワクするし、視野が広がって、日常の風景も違って見える。これが学ぶということかもしれない。

近所の築地社会教育会館で「雅楽と能　比較トークセッション＆ライブ」という講座に参加した。講師は雅楽が音無史哉さん、三国晴子さんら若手奏者四人、能はシテ方の中村昌弘さんと笛方の熊本俊太郎さんの二人。

そもそも、雅楽も能も本格的に観たことはなかった。最初の生演奏から圧倒された。和室で間近に聴く雅楽の音色は幻想的。能は歌も笛も強い音で、激しく、迫力満点だった。

講義では、雅楽は平安貴族が大成し、能は武家に保護されて発展した歴史を学んだ。歩く姿も雅楽は後ろ体重で両手は腰あたりと、無防備で偉そう。一方、能は少し前傾し、両手を下ろして少し前に構え、臨戦態勢だ。それぞれ貴族、武士らしい姿勢だと感じた。

講師の指導を受け、歌を体験。雅楽では折れ線グラフのような楽譜を見ながら、抑揚をつけて「お〜、お〜」と、座ったまま全員でうたった。調子に乗ってうたっていると、周りの冷たい視線を感じた。優雅なはずが、犬の遠ぼえみたいになっていたようだ。

ちなみに、雅楽も能も楽器の奏者は歌がうまい。なぜか。稽古では「おひゃーるりー」などと、楽器の音色をまねた歌を徹底的に練習し、完璧にうたえるようになってから、楽器の練習をするそうだ。だから歌がうまいのだ。

しぐさの体験では大苦戦。その場で立ち上がり、両腕を左から右へ弧を描くように回しながら、足は振り上げたり、すり足をする雅楽の動きを習った。他の人はできているのに、私だけラジオ体操みたいで冷や汗が流れた。

それでも講座は新鮮な驚きの連続で、二時間があっという間に過ぎた。元文部官僚の知人は「生涯学習の課題は男性が消極的なこと」とも話していた。確かに男性はいつも少数派だ。失敗なんて気にせず、一歩踏み出せば、仕事とは違った世界が待っている。

雅《みやび》でもなく
楽《らく》でもなく…

第23話 区民カレッジ

目指すは留年

私の住む東京都中央区には「区民カレッジ」という制度がある。私は五十代半ばのオジサンだが、その学生だ。仕事が休みの土日を使って、地元の社会教育会館で開催される趣味や教養の講座に参加し、生涯学習ライフを満喫している。

区民カレッジには「まなびのコース」「シニアコース」（六十歳以上）「生涯学習サポーター養成コース」の三つがあり、私は「まなびのコース」の二年生。このコースは十八歳以上の区内在住・在勤・在学なら誰でも入ることができ、入学金は無料。定員は百二十人程度という。

年間約八十の講座があり、半年ごとにリストが送られてくる。その中から好みの講座を選び、一括して申し込む。公民館の講座を小まめにチェックし、行きたい講座を見つけ、その都度、申し込むのが面倒な人には便利な制度だ。

これまでに参加した講座は「はじめてのアロマセラピー」（六回）「達人に学ぶ！　初級セルフメンテナンス講座」（八回）「金沢を知る」（三回）。「金沢を――」以外は男性の参加者は私だけだった。

今回は、築地社会教育会館で開かれた「アロマの調香を楽しむ」（四回）を受講。メインの講師は化粧品メーカーで調香師をしていた出田佳奈さん。アロマの知識を学びながら、ルームフレグランスなどをつくる。もともとアロマは私の趣味だが、「調香」という言葉に興味を持った。

最初の講義に出ると、十六人の参加者のうち、またも男性は私だけ。この状況にも慣れてきて、こちらの方が落ち着くくらいだ。講座では早速、新しい発見があった。ライム、シナモン、バニラの香りをかいだ後、先生が「三つを合わせると、どんな香りになりますか」。答えはコーラ。二つ以上の異なる香料をバランスよく配合し、オリジナルの新しい香りを創作するのが調香だと知った。

香木を使った匂い袋づくりでは、妻の化粧水づくりで使っている精油「パチュリ」の香木を初めて見た。先生が「精油を知っている人は」と質問したので「ハイ」と手をあげると、私だけ。つい自慢げに「どうだ」というような顔をすると、他の参加者から引かれてしまった。

ちなみに、同じテーブルで学んだ女性二人が私のアロマのサークルに入ってくれた。また仲間の輪が広がった。

目下の悩みは「区民カレッジ」での落第の危機。三年で五十単位を取らないと卒業できないのに、休日しか参加できないこともあり、全然足りない。あと一年で達成するのは難しい。四十五単位以上なら留年でき、もう一年在学できる。目指すは留年だ。

「黒一点」が「赤点」志望
留年？
上等じゃねえか！

第24話 手芸

「孫」も「じぃじ」も涙目

定年後の「居場所」を地域で探してみると、意外とたくさんある。

私のお気に入りは社会教育会館。趣味講座に参加したり、サークル活動で利用したりしているうち、職員の方とも仲良くなった。六十歳を超えないと、いきいき館（敬老館）には入れないが、五十歳以上が対象のシニアセンターは「常連」。今回は女性センターにデビューした。

参加したのは、中央区立女性センター「ブーケ21」で開催された「パパ・じぃじの手作りプレゼント　やさしい手芸講座」。対象は未就学の子ども、孫のいるお父さんとおじいさんで、世界で一つだけのプレゼントをつくる。

実は、私には子どもも孫もいない。一歳半（当時）の女の子（Iちゃん）のいる近所のお宅とお付き合いするようになり、近所の公園やわが家でよく遊んでいる。その子に喜んでもらいたいと、手芸に挑戦した。

講座には私を含めて九人が参加、大半は若いお父さんだ。講師はアーティストで、男性に手芸の楽しさを教える「押忍！手芸部」部長の石澤彰一さん。変わった講座で、手芸の技術を教えるのでなく「自分のイメージで自由につくってください」という具合だ。

手袋と綿、ボタン、飾りの小物、毛糸などが用意されていて、自分で好きな材料を選んで、手袋の指の部分を足に見立てたパペット人形をつくる。題して「て・ぶく郎」。

「姿がイメージできたら始めてください」。自慢ではないが、美的センスはゼロ。十分間くらい悩んだ揚げ句、五本ある指のうち、二本を耳にするウサギ風しか思いつかなかった。

針に糸を通して作業を開始。予想に反して、毛糸の手袋は柔らかく、手芸に初挑戦でも簡単に糸で留めることはできる。白黒の縦じまの手袋に綿を詰め、目は黒いボタン、口はピンクの毛糸で形づくり、頭部は完成。足になる別の手袋と縫い合わせ、完成させた。

他の参加者は犬風、カニ風、何か分からない動物風と、みんなユニーク。最後にテーブルの上で順番にパペットを歩かせるファッションショーで締めくくった。

翌日、東京マラソンに参加した妻の応援に、一歳半の女の子Iちゃんと一緒に行くことになった。そこで「て・ぶく郎」を見せると、顔を背けられた。その夜、女の子一家と妻の完走祝いをすることになったので、もう一度、見せてみると、泣き始め、お母さんは「悪夢を見そう」。女の子に涙目でにらまれ続け、じぃじのプレゼントはお蔵入りになった。

※鯨幕（くじらまく）＝黒白幕。鯨の体色に由来するとされ、一般に葬儀などで使われる。

第25話 イクメン講座

「くゎい」返上への誓い

地元の公共施設で開かれたイクメン講座「空き箱deまちづくり～パパたちの工作コミュニケーション」に参加した。さすがにイクメンではない。しいて言えば「イクじぃー」だ。それでも講座に参加していいか、主催者に問い合わせたところ、快くオーケー。何でも聞いてみると、意外とできる。

お母さんが妻と友達という縁で、もうすぐ二歳の女の子、Iちゃんをよく家で預かり、一緒に遊ぶ。そのノウハウを学ぶのが目的だったが、ある汚名返上の思いもあった。

講座の会場は中央区の女性センター「ブーケ21」。講師はＫＡＴＡＯＫＡ――ｌａｂｏの教育研究者・実践プランナーの片岡杏子さん。私も含め区内に住む男性四人が参加した。

食品や日用品の空き箱、トイレットペーパーの芯、牛乳パックを材料に、各自がはさみやセロハンテープを使って街にあるものをつくる。私はＩちゃんが大好きな滑り台に挑戦。厚手の紙を滑る部分、チョコレートの箱を上部の立つ場所、ラップの芯を支柱、トイレットペーパーの芯を階段にし、四苦八苦しながら、どうにかつくり上げた。

最後に四人がつくったものを一カ所に集め、街にした。すると、橋があり、デパートや高層マンションがあり、遠くにスカイツリーや飛行機が見える風景が出来上がった。不思議だが、私たちが暮らす中央区のような街になった。

講師の片岡さんの話には、小さな子どもと一緒に工作をするヒントがいっぱい。「上手につくることより、子どもが何を考え、何を感じているかが大事」「一緒につくった体験そのものが宝物」「大人と子どもがお互い楽しい遊び方をする」。Iちゃんと一緒に何かつくりたくなった。

「汚名返上の思い」の話に戻そう。同じ会場で数カ月前、「パパ・じぃじの手作りプレゼント　やさしい手芸講座」があり、手袋の指の部分を足に見立てたパペット人形「て・ぶく郎」をつくった。Iちゃんのためにつくったのに、見せると、泣かれ、お母さんは「悪夢を見そう」。前項のこの話を連載用に書くと、イラストでも「ダダ怪人をほうふつとさせる」と酷評された。

少し大きくなったので、また、この人形を見せて「怖い?」と聞くと「くゎい」。言葉をまねされたかと思って、今度は「かわいい?」と聞くと「くゎい」。もう一度、聞いても同じ。どうやら「怖い」という言葉を覚えさせてしまったようだ。

すべりっぱなしのわたし

第26話 マラソン応援

妻追いかけ全力疾走

スポーツの秋。地元の運動会やイベントに参加してみるのも、地域デビューのきっかけになる。運動が苦手なら応援でもいい。出場した人や、沿道で応援している人たちと一体感が味わえる。

私の住む東京都中央区は毎年十月、月島、晴海地区を走る区民マラソンをやっている。私も二年連続で五キロ壮年（五十歳以上）の部に参加。この年は抽選に外れ、出場できず、妻と妻の友人を応援することになった。

東京マラソンの応援でもらった赤い小さなメガホンを首にかけ、「頑張れ」と書いた白い紙を持って、いざ出陣。まず月島運動場のスタート地点近くで、号砲とともにダッシュしてきた妻と妻の友人をメガホンで応援。その後、近道を通って三キロ地点に移動した。数分すると、妻、続けて妻の友人が走ってきた。結構、いい勝負をしている。「頑張れ」の紙を掲げ、声援すると、苦しそうだったが、目でしっかりと応えてくれた。

近くに住む知人の女性が十キロの部（五キロのコースを二周）に出場し、優勝候補と聞いていたので、そのまま待っていると、ちょうど五キロの部の最後方のランナーたちが息を切らせながら次々とやってきた。足取りが重く、今にも歩き始めそうな姿は自分が出場したときと重なる。

自分も沿道の声援に励まされ、完走できた。恩返しと思って、大きく手をたたきながら「頑張れ」「頑張れ」と叫ぶと、小さな声で「ありがとうございます」。少しスピードが上がった気がした。

知人の女性が予想通りトップで走り抜けたのを見届けた後、ゴールの月島運動場の方に戻り始めると、妻たちが前を走っているのが見えた。追いつこうと、私も歩道を全力疾走。どうにか追いつき、走りながら応援した。

最後はゴールで出迎え。知人の女性が「優勝者がゴールします」と場内放送で紹介されながら、かっこよくサングラスを外してテープを切った。続けて、妻と妻の友人が抜きつ、抜かれつしながらゴール。そこで知り合いが勢ぞろいし「よかったね」「おめでとう」。笑顔が広がった。応援だけでもマラソンは楽しい。

話は変わるが、マラソンの後、妻の友人が二歳になったIちゃんを連れて家に遊びに来た。そこで、私が「イクメン講座」でつくった小さな滑り台（前話で紹介）を見せてみた。

「気に入った?」と聞くと「いった」。ボールを階段部分からのぼらせ、上から転がして遊んでくれた。以前に手袋でつくったパペット人形「て・ぶく郎」を見せたときに泣かれたのとは大違いだ。「やった」と喜んでいると、妻が「この前、Iちゃんに遊び方を教えておいたから」。

妻の応援返し

コラム② 公民館

公民館というと、田舎の寄り合い所みたいなイメージを持っている人もいるのではないか。でも、都会にもたくさんあり、私もよく利用している。名称は「社会教育会館」と、少しあか抜けているが、これも公民館の一種だ。

公民館は教育基本法や社会教育法などで位置付けられた公的な施設。社会教育法には「公民館は、市町村その他一定区域内の住民のために、実際生活に即する教育、学術及び文化に関する各種の事業を行い、もって住民の教養の向上、健康の増進、情操の純化を図り、生活文化の振興、社会福祉の増進に寄与する」と目的も明記されている。

趣味や教養の講座が開かれ、民間のカルチャーセンターより安く（無料も多い）受講できる。地域の住民らのサークルに格安の料金で部屋やホールを貸し出し、サークル活動の拠点としても利用されている。討論会や講習会、講演会、集会も開かれる。いわゆる生涯学習の拠点だ。

現在、全国に約一万四千館の公民館がある。公的な社会教育施設は他にもある。例えば、私の住む東京都中央区の場合、区民館、図書館、敬老館、シニアセンター、女性センター、郷土天文館を利用できる。

社会教育施設について、こんなアンケート結果がある。住んでいる市区町村の公民館、図書館、博物館について「施設の存在は知っているが、役割・活動内容は知らない」と答えた人を比べると、公民館が四七・二％に上るのに対し、図書館は二六・二％にとどまる。博物館は二一・二％だった。

一方、「年に数回以上使用」と答えた人は図書館の四六・六％に対し、公民館は二五・八％（博物館は一一・一％）だった。

アンケート結果からは、公民館があるのは知っているが、何をする施設か分からず、あまり利用していないという実態が浮かび上がる。こうした傾向は人口規模が大きい自治体ほど強く見られる。

私も地域デビューのため公民館を利用し始めるまで、何をしている施設か知らず、あまり行ったこともなかった。だが、通い始めてみると、実にバラエティーに富んだ講座が開催されているのに驚き、その後は小まめにチェックし、気になる講座があれば申し込むようになった。

講座を通じて新しい仲間ができ、サークルになったこともある。職員とも親しくなり、仕事のない時間に過ごす「居場所」の一つになった。

第3章◎地域のイベント編

楽しむ

第27話 銭湯

テルマエ・ツキシマ

地元の銭湯に初めて行くのはハードルが高いと感じる人もいるだろうが、手足を伸ばして大きな湯船に漬かれば、リラックスでき、自分も地域社会の一員だと実感もできる。

下足入れに靴をしまってから、自販機で入浴料のきっぷを買い、それを番台で渡して脱衣場へ。百円ロッカーに服を入れようとすると、硬貨が入らない。困っていると、常連のお年寄りが「ロッカーは古いから、百円玉がちょっとでもゆがんでると、入らないよ。別の百円玉でやってごらん」と親切に教えてくれた。

私が通う中央区月島の銭湯はビルの二階にあり、中は昭和レトロの雰囲気。「ケロリン」と書いてある黄色いおけに、小さな椅子。二十人も入ったら洗い場がいっぱいの小さな銭湯だ。

平日は地元のお年寄りが楽しそうに世間話をしながら湯船に漬かっている。こちらから話し掛ければ会話の輪に入れるが、向こうから話してくることはない。暗黙のルールのようだ。

無理に話さなくても、同じ湯船に漬かっているだけで連帯感を覚え、地域に受け入れてもらったような気分になれる。ここで友人ができたことはないが、銭湯で顔を合わせた人と街で会うと、自然とあいさつを交わすようになった。

常連の多い銭湯に居心地の悪さを感じるなら、お勧めは週末。週末だけ来る若い親子や、部活の中高生など、新参者のお客さんがたくさん来る。混雑はするが、「常連の中に一人」という雰囲気にはならない。

どんなに混んでも、常連さんたちは嫌な顔はしない。子どもが洗い場で騒いでも温かいまなざしで見守っている。常連さんから見れば、銭湯は「新住民」との交流の場なのかもしれない。銭湯に行くのも、地域のイベントに参加したような気分を味わえる。

その後、すっかり銭湯のとりこになり、休みの日はよく都内の銭湯めぐりをしている。地元の銭湯は狭くて古いが、それでも、ここが一番落ち着く。最近では、顔も覚えてもらい、おかみさんには「うちの甥に似ている」と言われる。

中央区では、月二回、百円で銭湯に入れる日がある。ただし、区内在住を証明する身分証明書が必要だ。先日、いつもの地元の銭湯に行ったとき、運転免許証を忘れた。顔なじみなので大丈夫だと思ったが、番台にいた男性に「最近、外国人が増えたので、証明書がないと、百円では」と断られた。和風のタヌキ顔なのに…。「常連さん」への道は遠そうだ。

ケコケコ
ケッコー

第28話 防災訓練

地震・雷・家事・孤立

私の住まいがあるのは都心に近い中央区勝どき。いわゆる湾岸地区で、周りには高層マンションがたくさん立っているが、私が住んでいるのは八階建て、二十八世帯の小さなマンションだ。それでも入居者の顔をみんな知っているわけではない。地域社会とつながりを持つ以前に、ご近所づき合いさえできていない。

そのマンションの管理組合の理事長を一年間やった。順番に回ってくるので仕方なく引き受け、仕事で理事会も欠席がちな「ダメ理事長」だったが、自慢できることが一つだけある。初めてマンション住民で防災訓練をしたことだ。

管理会社を通じて地元の消防署に頼むと、なんと無料で署員が指導に来てくれた。訓練は日曜日にマンション前の路上で行い、住民十人とペットの犬一匹が参加した。

署員から地震や火事の際の注意点を聞いた後、起震車に乗って大地震の揺れを体験。テーブルの下に入り、脚につかまって、放り出されないように踏ん張るのが精いっぱいだった。

その後、順番に消防士の銀色の防火服を着て、消防車の運転席に乗せてもらった。参加した子どもは大喜び。年配の男性は「孫に見せる」と、記念写真を撮っていた。

一番盛りあがったのは、一人一人が炎の絵が描かれた板に向かって消火器を噴射する訓練。消火器は台所に置いてあるのと同じタイプ。初体験だったが、消火器は意外と軽く、簡単に操作できるのに驚いた。飛び散る水（訓練用）に犬まで大興奮していた。

訓練後、玄関スペースで、保存食の試食をしながら反省会。マンションは海に近い運河沿いに建っているので、住民は「大地震や津波が来たらどうなるか」という共通の不安を抱えている。

ふだんは、あいさつ程度の会話しかないのに「避難先になる屋上の鍵が一階の管理人室にあるけど、津波が来ても大丈夫?」「ダイヤル式のキーボックスを上の方の階に設置したらどうかな」などと、熱い議論となった。

防災訓練は、同じマンションの中で助け合う意識を持ち、地域やご近所とつながるいい機会になる。

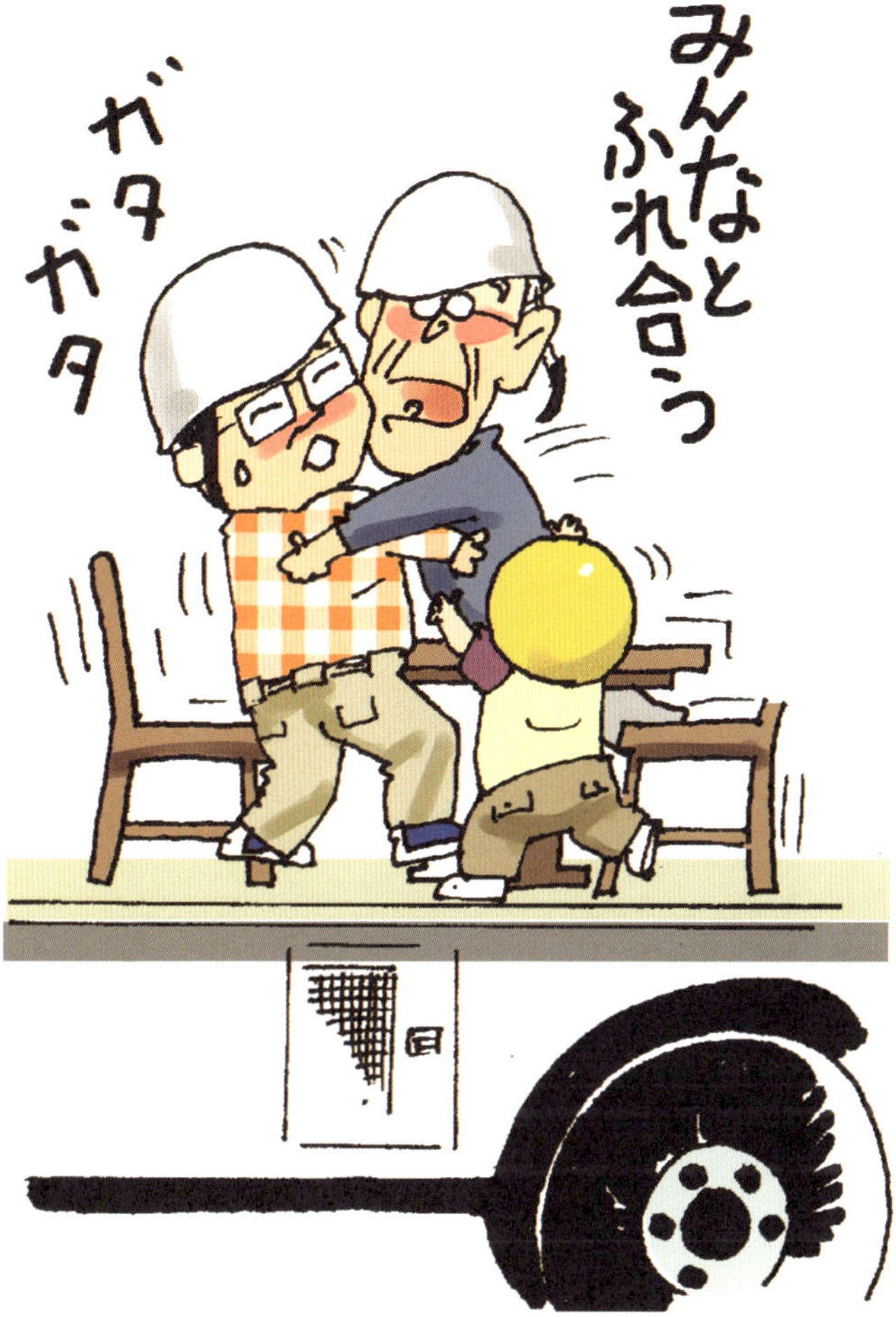
みんなとふれ合う
ガタガタ

第29話 終活セミナー

メタボ入棺往生す

地域デビューしようと思ったきっかけの一つに、老後、独り暮らしになって孤独死したらどうしよう、地域とつながっていれば避けられるかもしれない、そんな思いがあった。そうした不安を解くヒントになればと、地元の終活セミナーに妻と参加した。

終活とは人生の終焉に備え、葬儀や遺言、相続について考えること。セミナーは地元の葬儀会社の主催で、会場の喫茶店には十数人が集まった。さすがにお年寄りばかりで、私たちが一番若かった。

まず終焉の前にしておくべきことについて話を聞いた。残った人に物と思いを引き継ぐため、財産や形見を残す→持ち物を整理する→自分の思いを整理し、大切な人に伝える——ことが必要だという。

この後、現実的な話になった。家族葬や直葬など葬儀にはどんな種類や形があり、どのくらいの費用がかかるのか。確かに事前に決めておけば、遺族の心理的な負担を軽くできる。

ここで質問が相次いだ。「戒名がなくても葬儀はできますか」「散骨や樹木葬の費用は」。都会ではお寺と住民の縁が薄い。特に、地元の出身でなく、他の地域から引っ越してきた新住民は近くに菩提寺《ぼだいじ》がない。私の住む勝どき・月島地区にはマンション住まいの新住民が多い。

クライマックスは入棺体験。細長く深い造りなので、自力では入りにくく、出にくい。柔らかい白い布が敷いてあり、寝心地は悪くないが、メタボの私には幅が狭くて、自然と胸の前で手を組んでしまう。ふたを閉めても真っ暗でなく、光が漏れる。「本番」では見られない光景だ。

顔の前の扉が開けられ、妻がのぞいている。私の顔を見て妻が噴きだすと、参加者から笑い声が起こった。自分の死を考える会なのに暗さはない。近くに同じ不安を感じながら、前向きに向き合っている人がいる。それを知っただけでも心強かった。

これをきっかけに、妻と「死んだら葬儀はどうするか」「終末期の延命治療はどこまでするか」などをよく話すようになった。どうするか記した紙をお互い持ち、いざという時に備えている。

地域でのきずなづくりとは少し違うが、地元の終活セミナーに参加したことが自分の死を考えるのに役立っている。

本番では
泣いて
くれよ
ハッ
ハッ

第30話 サクランボ飛ばし

笑顔の種プップフッ！

近所の商店街で開かれたサクランボ種飛ばし大会に出場した。地域デビューを始めてから三回目の参加で、私には今や恒例の地域イベントだ。イベントは公民館の講座やサークル、ボランティア活動より気軽に参加でき、地域との一体感も味わえる。

私が暮らしている中央区は、サクランボの生産量が日本一の山形県東根《ひがしね》市の友好都市。その縁で毎年、旬の時期に種飛ばし大会が行われている。

会場はもんじゃ焼きで知られる月島の商店街。先着三百人が無料で参加できる。

優勝賞品は東根市の特産品の詰め合わせ。狙うは優勝だ。

商店街の道路の真ん中に赤い台が置かれ、その前方に一メートルごとに目盛りが入った長いシートが敷かれた。参加者は台に上がり、サクランボの果肉だけを食べ、口の中に残した種を勢いよく吹き飛ばし、飛距離を競う。

日曜午後の商店街は人通りも多く、このイベントも大人気。受け付け開始の午後一時には順番待ちの長蛇の列が。私は少し遅刻して、ギリギリ定員内に入り、参加できた。

参加者を見ると、家族連れや友だち同士などグループが目立つ。私も妻と近所の奥さん、その娘Iちゃんの四人でやってきたが、Iちゃんは寝てしまい、妻らはあまりの列の長さに断念。私一人で参加することになった。

しかも、待っているうちに雨が降り始め、途中からは本降りに。参加者には最初に参加賞としてサクランボ四粒が配られ、この種を飛ばすのだが、待っている間に本番用の一粒を残し、すべて食べてしまった。

観戦していると、珍プレーが続出。種を吹き飛ばす前に種をのみ込んでしまい、ペロっと舌を出した小さな男の子、自分の子どもに教えているうち、口の中から種を落とし、なくしてしまったお父さん……。会場は笑いが絶えず、参加者、応援団、見物客が一つになって盛り上がった。

四十分待って、いよいよ自分の出番。知り合いは妻ら三人だけなのに、全員から応援されているような気分だ。台に上がり、種をのみ込まないように注意しながら、大きく息を吸い込み、体を大きく反らして、少し上向きに吹き飛ばすと、記録は六・三メートル。前回の三・四五メートルを上回る自己新記録だ。やったー。

ちなみに、過去最高記録は一七・八三メートルとか。この日の「一般の部」の一位も一一・九メートルで、優勝はまだまだ遠そうだ。

飛びます
飛びます
あのおじちゃん何してんの？
飛ばすおまじないだって

第31話 ラジオ体操

得意技　希望の朝だ

夏の風物詩の一つに地域のラジオ体操がある。子どものときは夏休み中、毎日、通った。今はどうなっているのか。眠い目をこすりながら、近所の体操会に行ってみた。

午前六時すぎに起床。ポロシャツとトレーニングパンツに着替えて、会場の複合商業施設「晴海トリトン」の広場へ。私の住むマンションからは運河を隔てた向かいにあり、歩いて五分くらいだ。初めはお年寄りと小学生が十数人しかいなかったが、開始時間が近づくにつれ、子どもたちがどんどん集まり、七、八十人になった。

　子どもは、やってくると、まず出席カードの日付のところにゴム印を押してもらっていた。最終日に参加日数によって賞品をもらうためで、私の小学生時代と同じ懐かしい風景だ。

　午前六時半。ラジオ放送と同時に体操会が開始。最初に「新しい朝が来た…」というラジオ体操の歌に合わせて足踏み運動。続けて、中央に立つ年配の女性の指導員の振りに合わせて、ラジオ体操第一、第二をみんなでやった。早朝の風は涼しく、気持ちよく汗をかいた。

　指導員の中には、地元の盆踊り大会や国際交流のイベントでよく会う女性もいた。地域のイベントに参加して、顔見知りの人を見つけると、自分も地域の一員になったような気分になる。

　この会場は八月上旬で終わってしまうが、場所によっては小学生の夏休み中ずっとやっていたり、年間を通じて体操会をやっているところもある。

ちなみに、私はラジオ体操が得意。運動不足を見かねた妻が体操の音楽をカセットテープに録音し、時間があると、居間でやらされている。おかげで体操の振りは完璧に覚えている。当日も体を思いっきり動かした。

会場のあちこちで、上手にできない低学年の児童をお年寄りが優しく教えていた。ラジオ体操は地域の子どもと高齢者が自然に交流できる場にもなっていた。

終了後、全員に参加賞としてお菓子が配られた。子どもたちは大喜びだ。私は「大人なので」と辞退すると、近くにいたおばあさんが「これをあげます。私がつくったんですよ」と、手づくりの小さなキューピー人形の携帯ストラップをくれた。地域の人と触れ合えた。

前のイキレがあるね
体操のお兄さんやろか

第32話 カヌー体験

思うようにいかぬー

東京では思いもよらない地域イベントが開かれる。私の住むマンションの前は運河だが、そこでカヌーに体験乗船できる催しがあった。しかも無料。妻と二人で参加してみた。

会場は中央区の勝どき・晴海地区の朝潮運河。先着二百人というので、開始三十分前に集合場所の船着き場に行った。ところが、長蛇の行列どころか、待ち時間はゼロ。募集のお知らせは区報の小さな記事だったので、あまり知られていなかったようだ。

まず船着き場でオレンジ色のライフジャケットを着用。指導員がパドル（かい）の持ち方や注意点を説明し「一人が右側、もう一人が左側を漕げば進みます」と教えてくれた。

てっきり指導員と三人で乗るのだと思っていたら、突然、「では、どうぞ」。全長四メートルの木製のカナディアンカヌーに、妻と私だけで初挑戦することになった。

私が後ろに座って漕ぎだすと、思いのほかスイスイと進んだ。海に近いが、波は感じられない。運河の流れもほとんどなく、あまり揺れないで、安定している。周りには十隻ほどのカヌーが動いていて、乗っているのは、ほとんどが地元の親子連れのようだ。

この運河は私のマンションの前を流れていて、見慣れた風景のはずだった。ところが、水面の目線で見ると、運河は思った以上に広かった。両岸に高層マンションが覆いかぶさるように立ち、その間に空が見える不思議な光景だ。きれいだと思っていた運河に小さなゴミが浮いていて、都心の川の浄化もまだまだだと感じた。

どのカヌーも前に乗っている子どもが「お父さん、あっちに行っちゃいけないって」「お母さん、こっちに行きたいよ」と主導権を握っている。私のカヌーも前に陣取っているのは妻。「岸辺のカフェを見たいから、あっちに行って」「ちゃんと漕がないから、真っすぐ進まないじゃない」と怒られてばかりいた。

他のカヌーに手を振ると、子どもたちはみんな笑顔で振り返してくれる。広い公園でみんなで一緒に遊んでいるような感覚だ。小さな冒険で地域の子どもたちと交流した。

同じ側
漕いじゃ
ダメだって!!
私生活でも
主導権?

第33話 外国人も一緒に

ごちゃ混ぜの妙味

私が暮らす中央区勝どきは隅田川を越えれば銀座や東京駅に近く、外国人も多い。近所の外国人と交流するのも地域デビューの一つだ。

毎月一回、土曜に国際交流サロンというイベントがある。中央区文化・国際交流振興協会が主催し、季節に応じて凧づくりや茶道、盆踊り、和菓子づくりなどを外国人と一緒に体験する。

初めてサロンに参加したのは七夕の飾りつけ。私は特派員や外報部の経験はなく、生粋のドメスティック（国内派）記者。最初は「私でもできるかな」と自信がなかった。

ところが、実際、参加してみると、協会の職員やボランティアの人がサポートしてくれ、そもそも外国人といっても区内で暮らしているので日本語は堪能。私が「アイ・アム・タカユキ・シミズ」と自己紹介すると「日本語、話せますよ」。英語が話せなくても大丈夫。今では毎月のように参加している。

今回は地元の名物、もんじゃ焼きづくり。募集直後に三十五人の定員がいっぱいになる人気で、参加者の出身地も中国、台湾、韓国、タイ、インドと多彩だ。

当日はスペイン風、韓国風、イタリア風、インド風、アメリカ風、日本風の六つのグループに分かれ、私はスペイングループ。台湾の若い女性二人と香港の若い男性一人、日本人の女性二人とオリジナルもんじゃに挑戦した。

普通のもんじゃ焼きはミックス粉に水とソースを入れて生地をつくるが、スペイン風は水とソースの代わりに、パエリアのもとを使用。具材も定番のキャベツ、揚げ玉、切りイカに加え、パプリカや海鮮ミックスを入れた。

会場は築地社会教育会館の調理室。料理教室で何度も使ったことがあり、赤いエプロンをつけ「私がリーダーに」と張り切ったが、調理が始まると、女性は万国共通で積極的。私と香港のイケメン君にほとんど出番はなかった。もんじゃ焼きはあっという間にできあがり、六人全員で試食。「おいしい」「初体験の味だね」と会話が弾んだ。

この後、同じレシピで二枚目、三枚目と焼いたが、これは他のグループの人に食べてもらう分。私たちは他のグループのもんじゃ焼きを試食するルールだ。会場は一枚焼き終わるごとに、参加者が入り乱れてテーブルを巡った。

最後に感想を発表。同じグループの台湾の女性が「六月で帰国します。いい思い出になりました」と笑顔で話してくれた。うれしかった。国際交流に役立てたか分からないけれど、外国人も身近な地域の一員だと感じた。

交流も
もんじゃ
状態

第34話 三味線

江戸？ いえ、リバプール調

地域デビューといっても、いきなり近所を訪ねて「友達の輪に入れてください」というわけにはいかない。いろいろと試行錯誤してきたが、やっていることに三つのパターンがあると分かってきた。（1）地元の趣味講座・サークル（2）ボランティア（3）地域イベント――だ。今回はその三つを同時にできる体験をした。

近所の築地社会教育会館で開催された「国際交流サロン　長唄三味線を弾いてみよう」。中央区内在住・在勤の日本人と外国人が一緒に三味線を習いながら、交流する。地域のイベントで、新しい趣味に挑戦でき、外国人の地域との交流をお手伝いするボランティアでもある。まさに「一石三鳥」だ。

地元の中央区には歌舞伎座があり、伝統芸能への関心が高いのか、このイベントは大人気。定員いっぱいの二十数人が参加した。

三つのグループに分かれて、着物姿の先生から三味線の弾き方を教えてもらった。私のグループは英国人の若い男性と女性、香港出身の女性、日本人の女性二人と私の計六人。全員が三味線に触るのは初めてだ。

まず模範演奏があり「春夏秋冬」を聞いた。私は三味線の音色に季節を感じ、感動したが、英国人には西洋のきれいなメロディーとは全く違う三味線の曲を理解するのは難しかったようだ。

ところが、三味線を弾いてみる実習に入ると、立場が逆転。先生のまねをしながら左手の指で弦を押さえ、右手のバチで「さくら」を弾き始めると、英国人の男性がうまい。たどたどしく一音ずつ弾く私とは大違いだ。ギターの経験があるらしく、どんどん先に進んでいく。いきなり負けた。

実習後の懇談中、英国人の男性が「長唄って何」。スタッフも分からず、スマートフォンで調べ始めた。私がうろ覚えの知識で「三味線の伴奏で歌う江戸時代の伝統的な歌かな」と説明した。日本文化を知り、外国人に伝えるのは難しい。定年後、海外旅行するときに備えて、英語の勉強もさることながら、足元の文化もしっかり学び直そうと思った。

最後は発表会。私たちのグループは一番うまいとほめられた。もちろん英国人の力が大きいが、私もそこそこ弾けて楽しかった。

今は仕事も忙しく、本格的な習い事は難しいが、定年退職後の趣味の有力候補ができた。

Help!!
I need somebody
Help!
ベーン
ベンベン

第35話 おにぎ隣人まつり

子はにぎにぎをよく覚え

地域のイベントに出ると、出会いがある。そこで知り合った女性が近所で「おにぎ隣人祭り」というイベントをやっていると言うので、参加させてもらった。ふだん話す機会のない地元のお母さんたちと交流できた。

タイトルは「おにぎり」と「隣人祭り」を重ねた造語。親子でおにぎりをつくり、みんなで一緒に食べて地域の絆を深めるのが狙いだ。一、二カ月に一回、各地の食材を使って開催していて、今回は福島だった。

会場は近所の子育て支援施設「グロースリンクかちどき」。料理は、食育インストラクターで一児のお母さんでもある吉沢晶子さんが担当している。月島社会教育会館で開かれた「地域とつながるキッカケをつかむ」という講座で知り合い、「大人だけでも参加できますか」と聞くと、快くオーケーしてくれた。

吉沢さんはマンションで暮らす「新住民」。若い新住民も地域の絆づくりに動きだしている。

会場を訪れると、十数人の子どもと、そのお母さんたちが集まっていた。子どものほとんどは小学校入学前で、とてもにぎやかだ。釜炊きのご飯に、具は福島でよく食べるという「えごまみそ」。ノリを巻き、完成したおにぎりはササの葉で包む。

吉沢さんが食材の話をした後、おにぎりづくりがスタート。小さい子どもでもつくれるよう、プラスチックの型を使った。最初はお母さんに教えてもらっていたが、子どもたちはすぐに覚え、一人で上手につくり始めた。

大人の私が失敗。二個続けて、味の決め手の塩を忘れてしまった。それでも、素材がいいのでおいしい。子どもたちも「もっとつくりたい」とテーブルに集まり、大人気だ。

初対面のお母さんとも、おにぎりの話で盛り上がった。しばらくすると、男の子が私の周りをグルグル回り始めた。「目が回るよ」と注意しているうち、こちらの目が回ってきた。男の子もお母さんも笑った。

後半は子どもを別室で遊ばせ、大人だけで自己紹介したり、情報交換する予定だったが、私は仕事に行かねばならず、時間切れ。せっかく親しくなってきたのに、残念だった。次は最後まで参加してみよう。

なんで「おにぎり」
かって？
いいかい よくお聴き
八つぁん
別名「おむすび」
とも言ってな
これが地域との
結びつきだ

第36話 盆踊り

腹が出た出た腹が出た

夏の地域イベントといえば、やはり盆踊り。意外なことに、東京は盆踊り大会が盛んだ。シーズン中は都内のあちこちで開かれ、地元の中央区でも二十カ所以上で行われる。私は盆踊りが大好きで、一シーズンに十カ所以上、大会に出たこともある。でも、この年は仕事が忙しく、二回しか参加できなかった。

メーンは、毎年、八月下旬に浜町公園の運動場で開かれる中央区最大の盆踊り大会・大江戸まつり。私の場合、本番の前にまず新富区民館で「国際交流サロン」に参加し、練習するのが恒例だ。そこでは、区内の日本人と外国人が先生から振り付けを教えてもらい、音楽に合わせて輪になって踊る。この年は祖母と来た二歳の男の子もいた。会場は会議室だったが、三十人くらいで踊ったので、本番前から盛り上がった。

以前、国際交流サロンで三味線を一緒に習った英国人のカップル、前年も来ていたベトナム人の青年など、顔見知りも増えた。ベトナム人の青年は浴衣を持参。女性スタッフはカラフルな浴衣に着替え、私は紺の甚平姿。いざ、みんなで本番の盆踊り大会の会場へ。

会場に着くと真っ先に屋台に向かい、米沢牛のコロッケと石川県の地ビールを買って腹ごしらえした。やぐらの周りで踊り始めると、気分が乗ってきた。踊りの輪が何重にもなり七、八百人が舞っている。「炭坑節」「東京音頭」「中央区音頭」これがお江戸の盆ダンス」など、教えてもらった曲がかかり、私たち国際交流チームも上手に踊れた。まるで地元の盆踊りサークルだ。気づくと、練習も含め四時間も踊っていた。

調子に乗っていると、後ろの方から「前の人でなく、真ん中の上手な人を見てね」と若いお母さんの声が聞こえた。振り返ると、浴衣姿の小さな女の子が踊っていた。私を見上げて「こんなタヌキみたいな顔のオジサンのマネをしていたのか」と後悔したのか、「えっ」という表情をした。それでも手本にしてくれたなんて光栄だ。うれしかった。

もう一つ、この年参加したのは、近所の月島第一公園の盆踊り大会。こちらは小さな公園で、踊りの輪も三重くらい。ブランコで子どもが遊び、お年寄りが周りのベンチで夕涼みをしながら見ている。会場が小さい分、地域の人たちとの一体感を味わえる。大きくても小さくても踊っている人たちの笑顔は変わらない。盆踊りは楽しい。

ママ
これって
タヌ公節
？
違うよ
炭坑節
だよ
さのヨイヨイ

第37話 区民マラソン

鈍足走者万感のゴール

地域のイベントに参加するようになったおかげで、すっかり忘れていた「スポーツの秋」も楽しめるようになった。

毎年十月に月島・晴海地区をめぐる中央区民マラソン大会が開かれる。この年、その五キロ壮年（五十歳以上）の部に初めて参加した。長距離を走るのは高校以来だ。コースを下見したが、走り切る自信はなく、歩いて完走するのが目標だった。

ところが、誘導されるまま、月島運動場のスタート位置につくと、前から二列目。すぐ前で特別ゲストの元マラソン選手、有森裕子さんが「頑張れ」と応援してくれている。思わず号砲と同時にスタートダッシュしてしまった。当然、長続きはせず、すぐに減速。それでも地元の将棋サークルの仲間が奥さんや友人と応援してくれると聞いた場所までは走り続けた。

「すごいじゃないですか」という仲間の声援で調子に乗り、姿が見えるうちは頑張ったが、路地を曲がった途端、もう無理。歩き始めると、次々と追い抜かれ、あっという間に最後尾のグループに。遅くても懸命に腕を振っていると、沿道から「頑張ってください」と、ボランティアの高校生が応援してくれた。うれしかった。

最後尾でもライバルはいた。六十代くらいの男性だ。抜いたり、抜かれたり、低速のデッドヒートを繰り広げた。後半、想定外の妻の応援で活を入れられ、男性を引き離したが、再び追いつかれ、最後の上り坂に。男性がラストスパートして前に出たが、私も力を振り絞って抜き返し、そのままゴールできた。タイムは三十五分五十五秒。こんな記録でも、ゴールの瞬間、苦しかったことはすべて忘れ、達成感でいっぱいだった。

その前々日には、以前、体験会に行った地域スポーツクラブ・カヤック部の活動に誘ってもらった。近所の月島川で練習するのかと思っていたら、ライフジャケットを身にまとい、秋空の下、二人乗りのカヤックで東京湾に近い晴海埠頭までを往復する二時間近い小冒険をした。

船が近くを通ると、波が起きて、カヤックが大きく揺れ、その度にドキドキしたが、自分の住むマンションを水面から見上げたり、ふだん渡っている橋の下を通り抜けるのは新鮮な体験。慣れない動きで腕、腹、背中の筋肉が痛くなったが、水面から見る街の景色も格別だった。

地域デビューを始めたおかげで、休日は家でごろごろしていた運動不足のオジサンが体を動かすことに目覚めた。新しい仲間ができるだけでなく、健康にもよさそうだ。

「地域デビュー」GOAL
おつかれさまでした

第38話 避難所づくり

頼みの綱、回らず？

大地震が起きて、水道、電気、ガスが止まり、家も使えなくなったら、どうするか。避難所で助け合いながら、暮らすしかない。地域デビューし、近所の人たちと絆をつくるのはその備えにもなる。

九月の「防災の日」に地元の勝どき地区の防災訓練に参加した。会場は災害時に避難所となる中央区立月島第二小学校。約百人の住民がそこに備えられているマンホールトイレ、発電機、バルーン投光機などの使い方を学んだ。

そもそも、避難所は災害が起こったら自動的にできるわけではない。最初に集まった区職員や住民らが協力して設営する。今回の資器材は被災した学校を避難所に変えるためのものだ。

だが、最初から戸惑った。この訓練には勝どき町会、東町会、西町会、二丁目アパート自治会の四つの町内会・自治会が参加。受付も別々だが、マンション住民の私は町内会とあまり付き合いがなく、どの町内会かも分からない。

そこで入り口近くの受付で「二丁目に住んでいるんですが、どの町会ですか」と尋ねると、年配の女性が「二丁目は東町会、あっちですよ」と優しく教えてくれた。東町会の受付でも「ご苦労さま」と、笑顔で受け入れてもらった。もし、ここに避難することがあっても「知らない顔だ」と追い出されずに済みそうだと、ひと安心した。

校庭で防災資器材の使い方の講習が始まった。マンホールの上に載せる簡易トイレは三つの部品を組み立てる構造になっているが、実際にお年寄りの男性がやってみると、うまく部品をはめられず、時間がかかった。簡単そうに見えても、コツがあるようだ。

次に私の出番がやってきた。カセットボンベ二個で動かす発電機の使い方を教えてもらった後、町内会の人たちから「お若い方、どうぞ」とおだてられ、大勢の前で私がやってみることになった。

まず発電機を開けてカセットボンベ二個をセット。次につまみを「停止」から「運転」に回し、ひもを手前に大きく引いて発電機を回す。

最後の手順がうまくいかない。思いっきり勢いよく、ひもを引いてみたが、動きださない。二回目も同じ。女性の指導員に「もっと長く引っ張ってください」とアドバイスされ、三回目でやっとエンジン音がした。すると、見ていた参加者から拍手が起きた。

何事もやってみないと分からない。一度、経験すれば要領が分かり、本番は落ち着いてできる。しかも訓練を一緒にすると、仲間意識が生まれる。いざという時に備え、防災訓練は大事だ。

災害時の三種の神器ー
バルーン投光機
マンホールトイレ
発電機

コラム③　健康寿命

平均寿命に対して、健康寿命という言葉がある。健康で活動的に生活できる期間のことだ。定年後、「第二の人生」を楽しむことができる貴重な時間でもある。

健康寿命とは、具体的には自力で食事、排せつ、入浴、更衣、移動などの日常生活動作が可能で、かつ認知症などがなく、自分の意思によって生活できる期間。二〇一〇（平成二十二）年の統計によると、健康寿命は男性が七〇・四二歳（平均寿命七九・五五歳）、女性七三・六二歳（同八六・三〇歳）。当然、平均寿命より短く、男性で約九年、女性で約十三年の差がある。

六十歳で退職すると、男性の場合、十年程度しか介護なしに生活できる期間がない計算だ。六十五歳まで雇用継続で働き続けると、わずか五年になる。ただ、実感としては平均的に七十五歳くらいまでは健康的に見える。定年後の楽しい老後の時期を「黄金の十五年」と呼ぶのはこのためだ。

ちなみに、こんな計算もできる。仮に六十歳の退職後、一日十二時間が自由時間だとすると、十五年間で六万五千七百時間。一方、現役時代に一日九時間、年二百五十日間働き、三十八年勤めたとすると、八万五千五百時間。二つを比べると、黄金の十五年の自由な時間は現役時代の総労働時間の七七％にもなる。

五十代から定年後に備え、会社に代わる「居場所」をつくっておいても、健康でなければ、老後を楽しむことはできない。地元の公民館やシニアセンターでは、健康寿命を延ばすのに役立つ講座がよく開かれている。私が参加したものだけでも、ロコモティブシンドローム（運動器症候群）対策の体操講座、ウオーキング講座、健康吹き矢講座などがある。

地域でのサークル活動も健康寿命を延ばすのによさそうだ。私は将棋とラテンダンス・サルサのサークルに入っている。将棋は頭を使うので認知症対策になりそうだし、サルサは足腰を鍛えながら、手足を別々に速く動かすので脳の刺激にもなり「究極のアンチエイジング」だ。

興味深い研究結果がある。友人と交流し、地域の活動に参加するなど、社会的なつながりが多い高齢者は、認知症の発症リスクが四六%低い——。国立長寿医療研究センター（愛知県）などのチームがまとめた。

地域デビューは定年後の居場所探しだけでなく、健康に老後を過ごすのにも役立つ一石二鳥の活動なのだ。

第4章◎ボランティア編

役に立つ

第39話 プレディー

キュアシルバー？

　放課後や土曜日の小学校で子どもと一緒に遊び、見守るボランティア活動に参加している。地域社会の役に立つだけでなく、老後、一緒に遊んだ子どもから「先生、こんにちは」なんて、街で声を掛けてもらえたらいいなあ…という夢も見ながら、近所の小学校を訪ねてみた。

　私の住む中央区には「プレディー」という制度がある。プレイ（遊び）とスタディー（勉強）を合わせた造語。放課後や土曜日に児童が安心して過ごせるよう、小学校の教室の一部を開放して児童が遊んだり、宿題をしたりできるようにしている。

プレディーは二つの空き教室を利用。一つの部屋は二つに区切り、スタッフの部屋と工作したり、ゲームをしたりする部屋として使っている。もう一つの部屋はそのまま使い、机も椅子もないので、広い。

指導員が児童の安全管理しているが、地域の大人もサポーター（ボランティア）として協力できる。事前登録すれば、都合のいい時間に参加でき、二時間程度のお手伝いで五百円の謝礼ももらえる。

私は平日は仕事なので、土曜日に参加している。こんな厳《いか》つい顔のオッサンに、子どもが懐いてくれるか心配だったが、すぐに打ち解けてくれた。

広い部屋に入ると、一年生の女の子二人が近づいてきて「新しい先生？ プリキュア遊びしよう」。「何、それ」と思う間もなく、二人が交互にカタカナの難しい技の名前を言いながら、キックやパンチのまねをしてくる。どうやら私を悪役に見立て、アニメの少女戦士になりきっているようだ。

「先生も攻撃して」とせがまれたが、けがをさせたら大変。ひたすらメタボの重い体を動かして逃げ回って、遊びを懸命に盛り上げた。

汗をふきながら、息を切らせて休憩していると、女の子の一人が「先生、何歳?」。「何歳だと思う?」と逆に聞くと「三十四歳」。この子のお父さんの年齢なのか。この子のおじいちゃんの世代なのに…。この言葉で元気を取り戻し、五十代という実年齢を顧みず、もう一度、三人でプリキュア遊びをした。

すっかり二人の女の子とは仲良しになったが、当然、翌日は全身筋肉痛。でも、子どものいない私には新鮮な驚きの連続で、楽しい体験だった。お気に入りの「地域の居場所」の一つになった。

こんどは「三十歳」って言ってみよか
ゼェ ゼェ
ハァ ハァ

第40話 絵本セラピー

緑のたぬき修業中

土曜の小学校で子どもたちと一緒に遊び、見守るボランティア活動に通い始めたものの、私には特技がなく、教えてあげられるものがない。老体にむち打って、体を使って遊ぶのにも限界がある。どうにかしなければいけないが――。

そんな悩みを解くヒントを得たいと、大人に絵本の世界と活用方法を教える「絵本セラピー」の講座に参加した。

会場は自宅から徒歩二十分ほどの大型商業施設「アーバンドックららぽーと豊

洲」の一室。講師はフリーアナウンサーで、絵本セラピストの近藤麻智子さん。平日の午前中だったため、男性の参加者は私一人だった。

まずは自己紹介。「ニックネームとその理由、それから、一冊目に読む絵本のテーマでもある『あなたの気持ちを明るくするもの』を話してください」。でも、いつも本名で呼ばれ、ニックネームなんてない。ひらめいたのが「たぬ」。

緑のペンで「たぬさん」と書いた名札を胸につけ「名前のたかゆきを短くして『たぬ』。見た目もタヌキだし。気持ちを明るくするものは、帰宅途中に見える満月。つい、おなかをポンポコたたいてしまいます」と話した。少しはうけると思ったが、見事にすべり、誰も笑ってくれなかった。

講座では「にじをみつけたあひるのダック」「もっとおおきなたいほうを」など七冊を教材に、近藤さんが一冊ずつ絵本を読み、その感想を話し合いながら絵本について学んだ。きれいな日本語で語られる物語と夢のある絵に、大人の私も癒やされた。

大人は自分の価値観や経験を反映させて絵本を読むのに対し、子どもは絵本を見ながら、思考するのでなく、体験しているという。子どもが「もう一回読んで」というのは、理解できなかったからでなく、「楽しい体験だったから、もう一回したい」ということだそうだ。

記者という日本語に関わる仕事をしているので、それを活かし、子どもたちに楽しい体験をさせたい。今度、小学校のボランティアで読み聞かせにチャレンジしてみよう。

えほん
読み聞かせ手に
化ける

第41話 名札

レディーに遊ばれ

世話をしているというより、遊んでもらっている気がする――。

近所の小学校で土曜に児童と一緒に遊び、見守るボランティア活動をしていて、いつも感じていることだ。この悩みを解消しようと、絵本セラピーの講座で学んだ読み聞かせを早速、やってみようと思った。

職場の同僚である生活部の記者から、読み聞かせの入門書と低学年用の絵本も借りて、準備万端で土曜の教室へ。ところが、入った途端、一年生の女の子が駆け寄ってきて「清水先生、知ってる。三回目だよね。カプラ（積み木）しよう」

と広い部屋に連れて行かれてしまった。

出はなをくじかれたが、諦めずに、女の子に「絵本、読もうか」と本を見せると「んー。後で」。一緒に積み木をする子どもが増えてきたので、再びトライしたが、誰も関心を示さない。そのうち、女の子が「名札、つくろうよ」と別の遊びをしたいと言いだし、見事にかわされてしまった。

名札づくりというのは、胸に着けている名札の上に薄い紙を重ねて文字をなぞり、色をつけてスペアの名札をつくる遊び。この女の子のオリジナルらしい。

帰る時間が近づくと、女の子が「これあげるから、私の名前、忘れないでね。先生のも、ちょうだい」と作った名札をくれた。もちろん私もあげた。

こんな台詞、言われたことない。うれしくなり、絵本のことは忘れてしまった。

教室は「プレディー」と呼ばれ、土曜だけでなく、平日の放課後も児童が遊んだり、宿題をしている。夏休みや冬休み中も開かれている。休み中も含め平日は将棋教室や工作教室、読み聞かせ会などのイベントもある。

子どもを見守るボランティア活動なのに、最初はアニメの少女戦士と悪役が戦うマネをする遊びをし、二回目はセロハン紙と銀紙を使った「キラキラ絵」を子どもに教えてもらってつくった。

地域社会の役に立ちたいと始めたはずが、逆に私が子どもに遊んでもらってばかりいる。でも、とても楽しい。

清水くん
きょうは
何して
遊ぼうか
ね
キラキラ絵ー‼

第42話 校庭

体力あれば鬼に金棒

近所の小学校で土曜にボランティアを始めて五カ月。初めて教室から校庭に出て、低学年の子と遊んだ。子どものいない私にはとても新鮮な体験。本当に地域の子どもたちと触れ合えたと感じた。

中央区の一部の小学校では、放課後や土曜に両親が共働きの児童などが安心して過ごせるよう、教室の一部を開放している。そこには、専門の指導員が安全管理しているほかに、地域の大人もボランティアとして参加できる。

私はこれまで土曜の教室で子どもたちと一緒にゲームや工作をしてきた。よく

「外で遊ぼうよ」とせがまれるが、校庭が使える時間は限られていて、この日、初めて外遊びができた。

仲良くなった一年生の女の子が「先生、私の一輪車、見て」。得意の一輪車に乗る姿を私に見せたかったようだ。しばらく一輪車の横を一緒に走っていると、突然「先生もやって」。「できないよ」と言っても「やって！」。

根負けして、のぼり棒につかまりながら何とか乗ったが、転ばないように立っているのが精いっぱい。前にも後ろにも進まない。女の子に笑われるかと思ったが、心配そうに私を見つめている。逆に情けなかった。

その後、二年生の男の子も入って三人で鬼ごっこ。当然、私が鬼。十数えた後、二人を追いかけたが、全然、捕まらない。

外から見ると、小学校の校庭は狭く見えたのに、走ってみると、とても広い。息は切れ、額から汗が噴き出し、膝はガクガクだ。シャツもズボンから飛び出してしまったが、直す気力もない。

子どもたちは捕まりそうになると、「氷鬼」「高鬼」という新ルールを提案。氷鬼とは、捕まえても、その子は動けなくなるだけで、全員を捕まえないと、鬼を代わってもらえない。高鬼というのは、ジャングルジムなど高いところに行けば、捕まえられないルールだ。結局、私がずっと鬼だった。

子どもと遊ぶには体力がいる。十年、二十年後に子どもたちと街で会ったとき「先生、こんにちは」とあいさつしてもらうのが夢。そのためには定年まで体を鍛えておかないと。

私は地域デビューの鬼だ
ハァハァ
そんな鬼つまんない!!

第43話 街の清掃

黒いゴミの正体は

地域デビューするなら、町内会があるじゃないか。そう思う方も多いかもしれないが、都会暮らしの働き盛り世代には意外とハードルが高い。地域になじもうと、サークル活動などをしてきたが、町内会デビューには三年かかった。

私の住む東京都中央区の勝どき地区は、近代的な高層マンションと下町情緒の残る長屋が混在する地域。古くからの住民も多く、都心の中では町内会が機能している方だが、私のようなマンション住民には縁遠い存在だ。

誰が町内会長で、いつ、どこで、何をしているのか分からない。しかも、私は帰宅が毎日、深夜なので、寄り合いに出たり、日常的に活動をするのは難しいと腰が引けてしまう。

町内会といえば、街の清掃。それをきっかけにしようと思ったが、近所で聞くと、町内会で清掃はしていないという。マンションやビルが多く、管理人や業者が周辺の歩道も掃除するので、必要ないそうだ。

そこで狙いをつけたのが「クリーンデー」。中央区では年一回、五月に町内会や職場単位で一斉に大掃除する日がある。ところが、最初の年は私の町内会は参加せず、隣の町内会にお願いしたところ「掃除は知り合い同士が話しながらするから、楽しいんだよ」と、断られた。二年目は用事と重なり、行けなかった。

三年目となった今回、マンションの掲示板に町内会のチラシを見つけ、日曜の午前九時、意気揚々と集合場所のコンビニ前に行った。二、三十人が集まっていたが、顔見知りはやはりゼロ。掃除道具とビニール袋を受け取り、一人寂しく自宅マンションの周辺を掃除していた。

すると、三人で掃除をしていた年配の女性が近づいてきて「どこの人？　他の町内会の人？」と声を掛けてきた。「掃除にも縄張りがあるのか…」。恐る恐る「あのマンションに住んでいて」と告げると「あら、ごめんなさい。マンションの方、あまり来ないけど大歓迎よ」。これをきっかけに打ち解け、一緒に掃除した。町内会の一員になれた気分になった。

勝どき駅から近くの大型オフィスビルに向かう歩道を掃除していると、別の女性が「歩道と植え込みの境目をほうきで掃いてごらんなさい」。言われた通りにやってみると、黒いものが大量に絡み付いてきた。「何ですか」と聞くと「髪の毛よ。毎日、何万人も通っているので、こんなになるの」と教えてくれた。少し掃いただけで、カツラができるくらい取れた。新しい都市ゴミを発見した。

リサイクルできないものか…

第44話 入門講座

奉仕は誰のため？

地域での居場所をつくり、何か役立ちたいと、地域デビューを始めた。その理由の一つに、老後、住み慣れた地域で助け合いの輪の中に入りたいという思いがあった。そのきっかけをつかもうと、地元の老人ホームで開かれた「高齢者施設のボランティア入門講座」に参加した。

施設は、特別養護老人ホームと高齢者在宅サービスセンターが併設された「マイホーム新川」（中央区新川）。参加者六人のうち、男性は私だけ。一人以外は私より年上で、七十歳代も二人いた。

まず、高齢者がどんな不便を感じながら生活しているか知るため、道具を使って八十歳の身体を疑似体験した。

右膝と右肘が曲がったまま動きにくくするサポーターを巻き、足首と手首に重りもつけて右半身が固まった状態にした。さらに全体がかすんで見え、視野も狭くするゴーグルをつけて目の衰えを再現した。

それで施設内を歩くのだが、そもそも、何かにつかまらなくては立ち上がれない。つえなしでは真っすぐ歩けず、前かがみで足元ばかり見てしまうため、周りに置いてある物にぶつかりそうになる。助けなしにはちょっとした移動もままならない。

それに視野を狭くするゴーグルのせいで、手を見ても指先しか見えない。買い物をしているお年寄りがレジで財布から小銭を出すのに苦労しているのを思い出した。

続いて、車いすの介助体験。最初に自分が車いすに乗って押してもらった。目線が低いので、立って歩くよりスピード感があり、最初は怖かった。ゆっくり押してもらっても、少しの路面の凹凸が予想以上に体に響く。

次に私が車いすを押したが、乗っている人の手が車輪に巻き込まれたり、周りの物にぶつかったりしないよう神経をつかった。たった二つの体験だったが、お年寄りには、いかにこまやかな手助けが必要か身をもって知った。

私は夫婦二人暮らし。いつかは介護したり、されたり、高齢者施設でお世話になるかもしれない。元気なうちに介護についてもっと学びたいし、役にも立ちたい。早速、この施設のボランティアに名前を登録した。

大丈夫ですか
わしはボランティアする方!!

第45話 バザー

スマイルは0円です

近所の老人ホームでボランティアを初めて体験した。介護や福祉とは関係のない作業だったが、就職してから仕事ばかりしてきて、取材や記事を書く以外、何もできない私でも、少しだけ役に立てた。自分の新たな一面を発見したような充実感を味わった。

お手伝いしたのは、「マイホーム新川」。ここのボランティア養成講座に参加し、名前を登録していたので、イベントのボランティアに呼んでもらった。

イベントは、地域の住民に老人ホームを知ってもらおうと、施設を開放し、模擬店やバザー、コンサートなどを開催する「オープンハウス」。当日まで何をするのか知らず、勝手に「入居しているお年寄りが見学するため、車いすを押すのかなあ」なんて想像していたが、まったく違っていた。

配置されたのはバザー会場。任されたのは、来場者に買い物かごの代わりに、ビニール袋を渡す仕事だった。簡単な作業なのに、予想外に大苦戦。衣類や食器、日用品などが格安の値段で買えるバザー会場には、開場と同時に入所者の家族や近所の人が大勢やってきて、入り口で配りきれない。

結局、会場の中を回って、袋を持っていない人に手渡したり、小さな袋が商品でいっぱいになった人に「大きな袋、いりますか」と声をかけた。そこで必ず返ってくる声が「ありがとう」。うれしかった。

ボランティアの謝礼としてバザーで使える買い物券をいただいた。野菜の産直販売コーナーで売っていたリンゴジュースがおいしそうだったので、買い物券で早速、一本買った。

その野菜の産直販売を目当てに、私の妻もやってきた。私の仕事ぶりを見て「気持ち悪い」。

「なぜ?」と聞くと「見たことのない笑顔で、楽しそうにやってたから」。普段のしかめっつらで、無愛想の私とは別人、と言いたかったようだ。

短時間だったが、一緒にバザー会場を担当した施設の職員や他のボランティアとも仲良くなった。売り上げは東日本大震災の復興支援に寄付されるという。どんなお手伝いでも、またやってみたいと思った。

東京都中央区立特別養護老人ホーム
東京都中央区立高齢者在宅サービスセンター
マイホーム新川
マイホームでは見たことない笑顔だわ…
袋いりませんか?

第46話 初詣

はつもうデート

お年寄りが安心して初詣できるよう、お手伝いするボランティア活動に参加した。一月末の遅い初詣だったが、青空が広がる暖かな日で、すがすがしい気分になった。

老人ホーム「マイホーム新川」では、デイサービスを利用している百人以上のお年寄りを数人ずつに分け、近くの大きな神社へ初詣に連れて行っている。その際、車いすを押したり、介助するお手伝いだ。

この施設でボランティアをするのは二回目だが、介助は初めて。少し緊張した。

この日は女性三人が出かける番で、うち二人は車いすだった。介助する側は女性職員一人と男性のボランティア二人の計三人。マンツーマンで対応することになった。

私は、自力で歩ける女性を担当。施設の職員から、この女性は軽い認知症で、自分がどこにいて何をしているか分からなくなって、パニックを起こし、どこかに行ってしまう可能性があるので、注意してほしいと頼まれた。

初詣に出かけたのは、江東区門前仲町の富岡八幡宮。江戸三大祭りの「深川八幡祭」で知られる大きな神社だ。

施設から神社まではワゴン車で移動。大鳥居前で降り、そこから参道を歩いて本殿に向かった。私は女性がどこかに行かないように腕を組んで歩いた。あとの二人は玉砂利の上を悪戦苦闘しながら車いすを押していたが、私たちはまるでデートしているみたいだった。

女性はゆっくりながらも、しっかりとした足取りで歩いた。背筋は真っすぐ伸び、長い銀髪がきれいに束ねられていた。「二月も終わりですね」と話し掛けると、「二月は私の誕生日なんです。昭和七年生まれですけど、何歳かしら」と笑った。

「昔から近くの××に住んでいますが、ここには初めて来ました」。同じ話を何度もする以外、認知症を感じさせることはなかった。本殿で一緒に手を合わせて健康を祈った。

初詣を終えて施設に戻ると「皆さんと一緒に出かけるのは楽しいわ」。

亡くなった自分の母とは腕を組んで、初詣なんてしたことはなかった。亡き母の代わりに親孝行させてもらった。

ありがたいのであなたも拝ませてくださいね
わーっ!!

第47話 コミュニケーション

傾聴に値する講座

「最近、ご主人を亡くされたおばあさんが、夕日を見ながら『私も早くお迎えが来ないかしら』と話してきたら、どう答えますか」

日曜の午後に近所の老人ホームで開かれたボランティア養成講座は、こんな問いかけから始まった。

講座は特別養護老人ホーム「マイホーム新川」が主催し、前年に続き二回目。今回のテーマは「高齢者とのコミュニケーションの基本」。中央区民ら十三人（うち男性は三人）が参加した。

私は第一回講座で車いすの扱い方などを学んだ後、二度、この施設でボランティアをしたが、高齢の方とどんな話をすればいいのか分からない。ヒントを得ようと、申し込んだ。

最初に、ここで八年間、傾聴ボランティアをしている男性の体験談を聞いた。傾聴という言葉は難しいが、高齢者の話し相手になることだ。

「あるとき、お年寄りから『老人ホームに入りたくなかった』と聞き『ここで楽しく暮らしましょう』と答えてしまった。これは不正解。アドバイスは相談員の仕事。私たちはとにかくお年寄りの話を聞き、心のつかえを取って安心してもらうのが役目です。正解は『大変ですね』『おつらいですね』です」

ときには臨機応変な対応も必要だが、最初の問いかけの答えも同じだ。傾聴の奥の深さを知った。

高齢者とのコミュニケーションについて講義を受けた後、二人一組で向かい合わせに座って疑似体験。聞き手が目線をそらし、うなずきもせずに話を聞くと、相手はどんな気持ちになるか実験した。話す側は寂しくなり、不安になった。逆に、目をしっかりと見てもらい、うなずきながら聞いてもらうと、安心した。コミュニケーションでは言葉そのものより、表情や口調、目線、距離、あいづちなどが大切だと身をもって学んだ。

この施設の職員とは顔なじみになって、名前で呼んでもらえる。参加者の中にはボランティア活動で一緒だった人もいて、仲間意識もできてきた。今度、学んだ技術を老人ホームで実践してみよう。

まず
かいより
て
始めよ
ねえ
ねえ
きょうねえ

第48話 感謝

はつらつ「老老奉仕」

近所の老人ホームから「ボランティア感謝会」の招待状が届いた。ボランティアには二回しか行けず、感謝されるようなお手伝いはできていない。でも、せっかくの機会なので参加させてもらった。

「マイホーム新川」の開設二十年の記念行事の一つで、二十四人が出席。出席者の自己紹介が始まると、いろいろなボランティアがあることに驚いた。

高齢者の話し相手になる傾聴ボランティア、一緒に音楽や俳句を楽しむボランティア、繕い物のお手伝いをするボランティア…。初めて聞くボランティアもあり、感心した。中には、ホーム開設以来、二十年続けている人がいたり、「私は八十歳を過ぎていますが、お手伝いしていると、頭を使うので認知症になりません」という元気なおばあちゃんまでいた。

私はというと、この施設のボランティア養成講座に、二度参加し、ボランティア候補として名前を登録したものの、平日は仕事があるため、活動できるのは土日だけ。週末にできるボランティアは少なく、お手伝いできたのはまだ二回だけだった。

一回は、施設を開放し、模擬店やバザーなどを開催する「オープンハウス」でバザーの来場者に買い物かご代わりのビニール袋を渡す仕事。もう一回は、お年寄りが安心して初詣できるよう、付き添った。他の出席者の話を聞けば聞くほど、恥ずかしくなった。

自己紹介では、意を決して「感謝されるようなお手伝いはしていません。地域の一員として、この施設とつながっていたいと思って参加しました」と正直に話した。

同じテーブルに座った七十代半ばの傾聴ボランティアの男性は養成講座の講師だった人で、いわば私の先生だ。

「長続きの秘訣は無理をしないこと。行けないときは休めばいいです」

一年前に聞いたこの言葉に励まされ、地域での活動を続けてこられた。これからも細く長く、いくつになっても、ボランティア活動をやっていきたい。

いいお天気で清水さん
そうだね清水さん

第49話 認知症サポーター

まず理解より始めよ

地域で役立つボランティア活動をしてみたい。こんな地域デビューを考えている方もいるのではないか。ただ、福祉関係のボランティアの中には、知識や経験が求められるところもある。まずは知識を学ぶことから始めるのもお勧めだ。

先日、近所の月島社会教育会館で開かれた「認知症サポーター養成講座」に参加した。認知症を理解し、認知症の方やその家族を見守る応援者を増やし、地域で支えようという試みで、応援者になるための講座だ。

講師は月島おとしより相談センターの職員で、住民ら十四人が参加。土曜午後の約一時間半、ビデオと講義で認知症の症状や接し方を学んだ。

認知症になると、すぐ忘れてしまうだけでなく、時間や自分のいる場所が分からなくなり、混乱しやすくなるという。対応する側の心得としては「驚かせない」「急がせない」「自尊心を傷つけない」の三つが大事だと教えてもらった。受講後、参加者全員が「認知症サポーター」になり、目印のオレンジ色のリストバンドをもらった。

四カ月前には同じ月島社会教育会館で「目が見えない人と盲導犬のおはなし」という講座に出た。盲導犬を利用している視覚障害者の方から、困っている人を見かけたらどうすればいいかを聞いた。

いきなり肩をたたかれると、びっくりするので、静かに「お困りですか」などと声を掛けてほしいという。誘導するときも腕を引っ張ったりせず、肘をつかんでもらい、ゆっくりと歩く。視覚障害者は白杖を手放すと、不安になるので、持ってあげたりしてはいけないそうだ。

三年前に参加した近所の老人ホームのボランティア入門講座は衝撃だった。肘や膝に動きにくくするサポーターを巻き、足首と手首に重りをつけて、高齢者の体の感覚を再現し、施設内を歩いた。つえなしには廊下も真っすぐ歩けず、階段は命懸けだ。高齢者が手すりや壁伝いに階段を上る理由が分かった。

高齢者や障害者のお手伝いをするには、まず相手を正しく理解しなければならない。そうでないと、こちらが善かれと思ってしたことが相手を不快にさせることにもなる。ボランティア講座は役立つ。

ちなみに、認知症サポーターになり、休日はオレンジ色のリストバンドをしているが、まだあまり知られていないみたいだ。ただ、子どもには大人気。先日、バスの中でお母さんに抱っこされていた女の子の視線を感じ、右手のバンドを見せると、満面の笑み。お母さんには怪しいオジサンだと思われたようだが…。

認知症戦隊
オレンジャー

第50話 イベントスタッフ

満足度お客さん以上

サークルや趣味講座でよく訪れる近所の社会教育会館で「国際交流のつどい」のボランティア募集のチラシを見つけた。主催する団体の行事によく参加し、お世話になっている。「たまには役に立ち、恩返しをしたい」と応募した。

東京の中央区文化・国際交流振興協会の主催。毎月、区内在住・在勤の外国人と地元の人が交流する「国際交流サロン」を行っていて、私も七夕飾りや盆踊り、もんじゃ焼きづくりなどに参加させてもらってきた。

「国際交流のつどい」は年一回、開催される大きなイベント。百三十人以上のボランティアが参加し、築地社会教育会館の全館を使って華道、茶道、長唄三味線などを外国人に体験してもらう。

私は区の若い男性職員二人、年配の男性ボランティアと一緒に防災コーナーを担当した。防災グッズや被災地のパネルの展示のほか、防災食を試食してもらう。メニューはフリーズドライのチキンシチューと、アルファ米の五目ご飯だ。

防災食は区の職員がつくるので、私は会場づくりと来場者の案内をお手伝いした。会場づくりは一時間で終わり、まずは腹ごしらえ。支給されたお弁当は明治座製。上品な味わいだ。防災食のチキンシチューも添えて、昼からごちそうになった。

食べ終わると、今度は館内放送で「四階の料理教室でスリランカティーとけんちん汁、ロシア料理の試食ができます」。正午の開場前、料理コーナーでボランティアに、来場者に提供する料理が振る舞われる。もちろん行かない手はない。ロシア料理のピロシキとボルシチ、甘いケーキをぺろりと食べた。

超満腹で本番に。地味なコーナーだが、予想外に見学者が続々とやってきた。案内するだけなのに、慌ただしい。当然、外国人も来る。白人のお父さんと小さな女の子が家具転倒防止の仕組みを見せる部屋のミニチュアを興味深そうに見ていたが、言葉で説明できない。

そこで、まずミニチュア全体を揺らして、寝ているカエルのぬいぐるみの上に家具を倒した。次に転倒防止器具をつけ、もう一度、揺らし、倒れないことを見せた。すると、女の子がニコッと笑った。

踊りコーナーのサルサの時間に休憩を取り、そこにも参加。サルサを始めて当時七カ月。少しは踊れる。交代で男女がペアになり、先生の掛け声に合わせて基本的なステップで踊った。気持ちいい汗をかいた。

ボランティアとしてお手伝いに来たのに、お客さん以上にイベントを満喫した。

縁の下も
縁の上も
楽しい
STAFF

解説

寺脇研

清水さんとは十年のお付き合いになる。東京新聞の紙面批評「新聞を読んで」を一年間担当させてもらったのがきっかけで、映画評論家でもあるわたしが企画した、政治家やジャーナリストに日本や韓国の映画を観てもらう会でもご一緒するようになった。

以来、東京新聞を愛読するようになったのだが、ある日、朝刊を見て驚いた。敏腕政治記者の清水さんが、なんと「暮らし」面に登場！ 清水孝幸って同姓同名のライター？ と思ってしまった。しかし、豪華カラーのお茶目な似顔イラストは、まさしくあの清水さんだ。いったい何が始まるのか。

読んでみて合点がいった。「地域デビュー」ね。仕事一筋で、趣味も住んでいる地域との関わりも乏しい五十代が近所でさまざまな催しに挑戦しようというのである。まずは将棋。そしてカヤック、アロマセラピー、にぎりずしづくり、サルサ……。

そうか、生涯学習体験記なんですね。これは見届けなければならない。なぜなら、わたしはこの生涯学習というものを日本中に広げることを職務としていたからだ。実は第22話に登場する「知り合いの元文部官僚」とはわたしのこと。

昭和も終わろうかという一九八八年、三十五歳のわたしは、文部省(当時)に新設された生涯学習局生涯学習振興課の初代課長補佐に自ら希望して就任した。前年に出された中曽根康弘首相直属の臨時教育審議会の答申が、生涯学習社会の実現を教育改革の最大テーマに挙げたのを受けての、生涯学習行政のスタートだった。

今でこそ、二〇二〇年から順次実施される小中高等学校の新学習指導要領が「主体的・対話的で深い学び(アクティブ・ラーニング)」を基本方針に据えるなど、学校教育にも生涯学習の精神が取り入れられているものの、当時は全く知られていない概念だった。「ショウガイガクシュウ」と言うと、障害のある方々の学習と勘違いされたほどだ。

生涯学習行政の最初の課題は、まさに熟年男性の地域デビューと学ぶ生き甲斐づくりを支援することだった。八九年の流行語大賞新語部門・表現賞を受けた「濡れ落ち葉」が、大流行していた頃だ。主に定年退職後の夫が何の趣味もなく暇を持て余し、一日中家にいて妻が外出しようとすると必ず「俺も行く」と言い出してどこにでも付いて来る鬱陶しさを、地面やほうきにまとわりつき払っても払ってもなかなか取れない濡れた落ち葉に例えたのである。

現役時代は仕事に追われ、趣味を持つことはおろか家庭を顧みることも地域での活動に参加することもなかったため、退職後になって何かを始めようと思ってもそのために必要な人間関係もなければノウハウもなく、またそれらを得るために努力しようという意欲もエネルギーもない状態の男性が当時はたくさんいた。定年退職したら、毎日、どこで、何をしたらいいのか――清水さんが感じた不安は当を得ている。「定年退職した後、毎日、家にいるのはやめてね」と宣言した奥様は、「濡れ落ち葉」になるなと先制して警告を発したのだろう。

で、みごとな地域デビューを飾った奮闘記が本書だ。三十年前のわたしが全国を説いて回った通りの「成長」を遂げてくれているのがうれしい。さまざまな趣味を獲得していくうちに、清水さんはボランティア活動に入っていく。それが生涯学習の最大の効用なのである。自分が趣味という楽しい学びの生き甲斐を持って初めて、他人のために何かをやろうという気が湧いてくる。

昭和の時代、キリスト教の精神がある欧米と違い日本にはボランティア活動は根付かないと断言する学者がいたくらい、活動は低調だった。それが平成になり阪神大震災あたりから活発化してきたのは、生涯学習が徐々に定着してきたからだと思う。「生涯学習とは楽しい生き甲斐です。『生涯』をイキガイと読んでみましょう。『学習』は『楽習』です」というのがわたしの決めゼリフだった。

もうひとつうれしいのは、清水さんが地域デビューの「初めの一歩」にお勧めの場所として公民館や社会教育会館の趣味講座を挙げてくれていることだ。いずれも、戦後社会教育の場としてつくられたものだが、社会が豊かになりほぼ全員が高校に行き大学進学率が上昇するなど学校教育の恩恵を受ける者が増える一方になる中、役割を終えたとまで言われる存在になっていた。それを生涯学習の場として再興しようとしてきたのが、清水さんに認めてもらえたわけだ。

そう、この本は地域デビュー奮闘記にとどまらず、生涯学習に目覚め、学ぶことで楽しい生き甲斐を得てボランティア活動にまで進むオジサンの、みごとなビルドゥングスロマーン（成長物語）でもあるのだ。生涯学習は、いくつになっても人間を成長させてくれる。

清水さん、カッコイイ大人になりましたね。

清水孝幸（しみず・たかゆき）
東京新聞政治部長。1962年、東京生まれ。慶応義塾大文学部（社会学専攻）卒。85年に中日新聞社（東京新聞）入社。静岡総局、東京社会部などを経て、95年から東京政治部。首相官邸や与野党、総務省、外務省、防衛省を取材。論説委員（政治担当）、編集局デスク長（硬派特報）を務め、2018年3月から現職。著書に『小沢一郎という禁断の果実』（講談社）、『政地巡礼』（G．B．社）、『読むための日本国憲法』（文春文庫、東京新聞政治部編＝共著）。

佐藤正明（さとう・まさあき）
1949年、愛知県名古屋市生まれ。南山大学外国語学部卒。デザインプロダクション勤務後フリーとなり、イラストや漫画を手がける。85年「中日マンガ大賞」受賞、87年「読売国際漫画大賞」金賞受賞などを契機に、本格的に風刺まんがを描くようになり、現在、中日新聞・東京新聞・西日本新聞に連載を持つ。著書に『あまり癒されない心の詩』『なごや弁』（いずれも風媒社）『まんが政治vs政治まんが』（岩波書店）など。

定《てい》年《ねん》が楽《たの》しみになる！
オヤジの地《ち》域《いき》デビュー

2018年3月26日　第1刷発行

著　者　清《し》水《みず》孝《たか》幸《ゆき》
挿　絵　佐《さ》藤《とう》正《まさ》明《あき》
発行者　古賀健一郎
発行所　東京新聞
〒一〇〇-八五〇五　東京都千代田区内幸町
二-一-四　中日新聞東京本社
電話［編集］〇三-六九一〇-二五二一
［営業］〇三-六九一〇-二五二七
FAX〇三-三五九五-四八三一

装丁・組版　常松靖史［TUNE］
印刷・製本　株式会社シナノ パブリッシング プレス

ISBN978-4-8083-1026-4 C0095